パートタイマー・秋子

永井愛

而立書房

■登場人物

樋野《ひの》秋子《あきこ》　「フレッシュかねだ」パートタイマー
貫井《ぬくい》康宏《やすひろ》　同・品出し担当
恩田《おんだ》俊夫《としお》　同・店長
春日《かすが》勇子《ゆうこ》　同・青果担当
窪寺《くぼでら》久仁子《くにこ》　同・惣菜担当
竹内《たけうち》慎二《しんじ》　同・副店長
師岡《もろおか》保男《やすお》　同・鮮魚担当
星《ほし》ひろ代《よ》　同・チェッカー
新島《にいじま》喜美香《きみか》　同・チェッカー主任
小見《おみ》洋介《ようすけ》　同・精肉担当
小笠原《おがさわら》ちい子《こ》　同・チェッカー
大坪《おおつぼ》久弥《ひさや》　同・客

1

小さなスーパーマーケット、「フレッシュかねだ」の従業員控え室。古びた雑居ビルの二階に位置し、店舗は一階にある。

上手には店舗への階段に通じるドアとトイレのドア、掃除道具入れ。

下手には外の階段に通じるドアと給湯室。その脇に冷蔵庫、食器棚など。

正面にカーテンのない窓、事務机と雑誌類の入った小棚、その上に電話機。窓の横にはロッカーが並ぶ。

部屋の中央にソファーとテーブル、不揃いな椅子。

すべてはひどく汚れ、どこかが傷ついている。

壁のあちこちに貼られたメモや落書き、従業員が持ち寄ったと思われる雑多な品々も、この部屋の印象をいっそう薄汚く、投げやりなものにしている。

窓に向かい、後ろ姿で立っているのは樋野秋子。その服装には、場違いな高級感が漂う。

秋子　（動作つきで）いらっしゃいませ、こんにちは！　いらっしゃいませ、こんにちは！　いらっしゃいませ、こんにちは！　お待たせいたしました！　お待たせいたしました！　ありがとうございました！　またお越し下さいませ！　ありがとうございました！　またお越し下さいませ！

店側のドアから、そっと新島喜美香が顔を覗かす。気づかずに、声出し訓練を続ける秋子。
新島はドア付近に立ち止まったまま見ている。

秋子　ありがとうございました！　またお越し下さいませ！　え〜（と、握ったメモを見て）あ、申し訳ございません！　申し訳ございません！　申し訳ございません！

新島、そっと出ていこうとする。

秋子　行ってらっしゃい！

新島　（ギョッとして振り向く）
秋子　行ってらっしゃい！　行ってらっしゃい！
新島　（出ていく）
秋子　行って参ります！　行って参ります！　行って参ります！　ただ今帰りました！　ただ今帰りました！　ただ今帰りました！　お帰りなさい！　お帰りなさい！　お帰りなさい！

店側ドアから小見洋介。ジロリと秋子を見るが、興味なさそうに部屋を横切り、乱暴にロッカーを開ける。秋子、その音に不意打ちされて、

秋子　あ、すいません。店長さんに、ここでお稽古をしなさいと言われたもので、声出し訓練っていうんですか、ずっと続けなさいということなので……

小見はロッカーから携帯電話を取り出すと、すぐさまイヤホンを当て、音に聞き入る。そのままテーブルへ。

秋子　すいません、じゃ失礼して……（と一礼して、窓に向き直り）いらっしゃいませ、こんにちは、いらっしゃいませ、こんにちは……

店側ドアから鮮魚の師岡保男。やはり秋子に目を留めるが、だるそうにソファーへと向かう。

秋子　（途中で気づき）あ、あの……（と、一礼）

師岡、いきなりソファーに横たわり、眠りの態勢。

秋子　すいません、ここでお稽古をしろと店長さんに……

師岡　（寝返りなど打ち）……

秋子　では、あの、失礼して……（と、窓に向き直り）いらっしゃいませ、こんにちは。いらっしゃいませ、こんにちは……

新島が春日勇子を連れて戻る。

二人、ドアの傍で少し秋子を観察する。

新島　（春日に促され、秋子に）ちょっといいですか？
秋子　（振り向き）はい……
新島　あなた、どなたですか？
秋子　あ、樋野秋子と申します。どうぞよろしくお願いします。
新島　ってことは、ここで働くことになったとか？
秋子　はい。さっき面接がありまして……
新島　面接？
秋子　はい、お向かいの喫茶店で……
新島　「ひまわり」で？
秋子　ええ、開店前はバタバタするから、そこがいいって、店長さんが……
春日　聞いてないんですけどねえ……
秋子　あ、皆さんには後で紹介するっておっしゃってました。
春日　いえ、ウチ、募集してないんですよ。
秋子　え？
新島　人員、足りてるんですよ、とにかく。

秋子　でも、募集してらっしゃいましたよ。そういうサイト、ありますでしょ？（と、バッグを探す）

春日　求人サイト？

秋子　ええ、それを今お見せしようと……あらイヤだ、どこにバッグを置いたのか……まあ不思議！　手品のように消えてしまった。

秋子につられ、ついあたりを見回す春日と新島。

秋子　ここから入って、ここでご指導を受けたんだから……（と、動線を辿る）

春日　募集って、何の募集です？

秋子　（まだ探し回り）パートタイマーです。

春日　ですから、何のパートタイマー？

秋子　ああ、チェッカーとかって……

新島　チェッカー！

秋子　チェッカーって何かな、できるかなって不安だったんですけど、レジだと聞いてホッとして、あ、特別な資格はいらないって、そういう意味で安心して。私、ずっと専業主婦だったものですから……

春日　チェッカーはね、ますます足りてるんですよ。

新島　そうですよね、減らしたいって言ったの店長ですよね。

秋子　あら、でも、募集なさったのも店長さんですのよ。（と、さらに探す）

イライラして、それとなくバッグを探し出す春日、新島。

春日　悪いけど、募集って、何かの間違いかもしれないですよ。

新島　あの店長、まだ来たばっかりで、いろいろと間違えてくれるんですよ。

秋子　え、お間違えが多いんですか？

師岡　（笑い）募集は間違えねえだろ。

新島　やり方間違えてるってことよ！

秋子　あ……（と、師岡が枕にしているクッションの下にバッグを見つけ）失礼！（と、引き抜く）

見るからに高級そうなバッグ。秋子は携帯電話を取り出して操作する。

秋子　ほら、ここです。（と見せる）
新島　時給一二〇〇円……
春日　間違ってくれたねえ……
新島　通常、一一一三円スタートなんですよ、ウチ。
秋子　一一一三円……
春日　ってか、そもそもこの募集がね……
新島　ただならぬ間違いですよね。人員減らしたいって言っときながら……
師岡　だから、その分、減らそうってんじゃねえの？
新島　え？
師岡　一人採って二人減らしゃ～、人員は減るわな。
春日　真面目になろうよ、笑えないよ、ここまでくると……

小笠原ちい子、モップで掃除しながら入ってくる。

新島　小笠原さん、やっぱこの人、新人だって。
小笠原　えっ、じゃ……

新島　無断募集だよ、チェッカーの無断募集。
春日　(新島に) ちょっとタケちゃん呼んできて。
新島　はい。(と、ドアの方へ)
師岡　(イヤそうに) また始まるのぉ？
春日　しょうがないだろ、団結しなくちゃ。
師岡　やだなぁ、団結……
新島　起きてよね、少なくとも。

と、ドアに行き着く前に、恩田俊夫が入ってくる。

恩田　ごめんなさいごめんなさい、本社と電話が長引いちゃって。あ、はいはい、この人はね、今日からの新人さんということで、はい、自己紹介。
秋子　あのう……
恩田　はい、どうぞお名前を。
秋子　名前は、樋野秋子なんですけど……
恩田　チェッカーの新人さんです。とり急ぎ、声出し訓練だけ僕が面倒見ましたけど、もろもろありますんで、新島さん、（秋子に）新島さんがチェッカー主任です。（新島に）レジ周りの指導、お願いしますよ。（秋子に）クーポンとか商品券とか、ややこしいですからね。え〜、こちらは小笠原さん。小笠原さんは凄いんだ、「フレッシュかねだ」開店以来のチェッカーさんで、もう二十年も……

小笠原　二十一年。

恩田　二十一年もお勤めなんです。ってなことで、その他のご指導、お願いしますよ。ロッカー決めたり……

新島　ロッカー、空いてないんですけど……

恩田　はい、じゃそれペンディング。

新島　エプロンも今ありません。

恩田　じゃ、それもペンディング。時間ないんでズンズン行きます。あちらは、鮮魚担当の師岡さん。

師岡　（寝転がったまま）……

恩田　朝が早いんで、よくああしていらっしゃる。ちなみに、一番早いのは私です。今朝も六時四十五分。ってなことで、おい、小見君、その耳外そうや。

小見　……

恩田　と言っても聞こえない。精肉担当の心優しい青年です。で、春日さんです。春日さんは、これぞ逞しき青果担当さんで……

竹内　貫井！

　　と、竹内慎二が店から来る。

恩田　貫井さんはトラック待ちなんじゃ……
竹内　消えました。またどっかでタバコ吸ってんな？（ドアから外へ）
恩田　今のは、竹内君。女性に人気の副店長ね。ま、こういう親しみやすい面々ですから……
春日　店長、ちょっとお話があるんですけど……

　　外側ドアから、星ひろ代が飛び込む。

恩田　おや、これはまた。（秋子に）遅刻なさった星さんです。
星　昨日連絡しときました。（と、ロッカーへ）
恩田　私は聞いておりませんが。

星　チェッカー主任に言っときました。
恩田　新島さん、そうなんですか？
新島　はい。
恩田　じゃ、私にも報告するようにしてください。
新島　こういうのは、チェッカー同士で調整つきますし……
恩田　それは前の店長のやり方だ。今の店長は私です。
新島　……
恩田　（新島に）星さんの遅刻の理由は何ですか？
星　（身支度しながら）それはですねぇ……
恩田　新島さんに聞いています。星さんの遅れた理由は、迫り来るカラオケ大会と関係がありますか？
新島　聞いてませんけど、遅れるとは聞きました。
星　今、親戚の子が来てて、それが熱出したもんだから……
恩田　ほう、昨日のうちに熱を出すのがわかったと……
星　おとといから熱出してたんです。
恩田　じゃ、昨日の遅刻も熱出しですか？

星　昨日は遅刻してませんけど……

恩田　確かにタイムカードは間に合っている。ところがなぜか、タイムカードが押された後に、ご本人が到着するのを私は見ました。なぜなんでしょう？　星さんの逸《はや》る心がタイムカードに通じたのか。それとも誰かが代わりに押したか……

星　……

恩田　ねえ、小笠原さん、なぜなんでしょうねえ……

小笠原　（曖昧に首を傾げ）どうなんだか……

春日　店長、下で話しませんか。

恩田　そうしましょう。もうすぐトラックも着きますし……

店員たち、だらだらと店の方へ。

恩田　すぐ戻ります。待っててね。（と、秋子の背に手を添えてから去る）

改めてあたりを見回す秋子。

不意に掃除道具入れから、貫井康宏が現れる。

秋子　（声を呑み）……！
貫井　すいませんね、驚かして……

貫井、ポケットから電子タバコを取り出し、せわしなく吸う。

秋子　……あのう、こちらの方ですか？
貫井　それをね、今考えてるとこ。
秋子　え？
貫井　こちらの方でいようかどうか、考えてるんですよ。（窓に近寄り、下を見る）トラックが着いた。あと一〇分は稼げるな……
秋子　あの、いつからそこに？（と、掃除用具入れを指差す）
貫井　そりゃ、あなたの来る前からです。モップをそこにしまおうとして、ついでに自分もしまったんでしょう……そんな顔しないでくださいよ。驚いてるのは私なんですから。私はね、別にお茶目なわけじゃない。かなり真面目なオヤジです。そういうオヤジが、こういうことをやらかすような、そういう店なんですよ、ここは。（と、店のエプロンを外して上着を脱ぎ、床に投げ捨てる）さあ、捨てたぞ！　ありがとう、あなたのお陰で意外に早く決断がつきました。（と、ロッカーに向かう）

秋子　私が何か……？

貫井　（ロッカーを開け、身支度を整えながら）あなたは驚いてくれましたからね。そうですよ、私は驚くべき状態になっている。でも、ここのやつらは驚きません。あっ、貫井がまた隠れやがった、またさぼりやがったって、驚かないで、怒るんです。一人の人間に何が起きてるかなんて、想像する頭はまるでない。だからね、あなたもこんなことに驚くようじゃ、この店には向きません。ここじゃあ、頭の悪いヤツが勝つ。ここはやめた方がいいですよ。

秋子　でも……

貫井　いや、もちろんご自由に。私の言葉に説得力はないでしょうから。私は変なトコから現れた変なヤツだ。ね、あなたにとっちゃあ、それでしかない。

秋子　いえ、そういうわけでは……

貫井　さあ、歩こう。あとは歩くだけでいい。下に降りて、店を横切る。横切って、外に出よう。場合によっちゃ、アバヨぐらい言ってもいい……すいませんね、確認しないと動けないんです。能なし呼ばわりされましてね、常に確認を迫られるもんですから。（と、また

座ってタバコを吸う）

秋子　本当におやめになるんですか？

貫井　ええ、もう歩くだけってとこまでは来ています。問題は、どちらに向かって歩けばいいか……

秋子　こちらから、お店に降りるんじゃないんですか？　今そう確認なさってましたけど……

貫井　そこに疑問が生じましまして。店じゃ、品出しが始まってます。でも、こっち（外側）から出ると、すぐ下にトラックが来てて、荷下ろしがまだ続いている。つまり、どちらから出ても、どうしたんだ、何やってんだと言われることになるわけで……

秋子　ああ……

貫井　決めた！　こっちだ！　じゃ、これで……

と、外側のドアに向かう。そのドアから、竹内が現れる。

立ちすくむ貫井。

竹内　どういうつもりだ？

貫井　……

竹内　品出しが、品出ししねえでどうすんだよ！　物運ぶっきゃ能がねえだろうが、お前はよ！

貫井　……

竹内　あ！（と、床の上着とエプロンを見つけ）お前よ、この店来たら、これ、着るんだよ、どうしてそれ覚えねんだよ。限界超えてんよ、はっきし言って。もう帰れよ、帰れ帰れ！　二度と来んなよ、頼むから！

と、上着、エプロンを投げつけて外へ。
秋子、それらを拾い、テーブルに置く。

秋子　本当に、驚かないで怒りますね……

貫井　アイツね、ウチの息子と同い年。

秋子　そうですか……

貫井　あんな若造が副店長です。基本的には、あれに毎日やられるわけで……

秋子　でももう、それもオシマイでしょう？

貫井　え？

秋子　だって今、もう来るなって……

貫井　ああ、じゃ、私はクビになったのか……

秋子　よかったですね。よかったですよ。

貫井　よかったですけど、クビになりたくなかったなぁ。こちらからやめたかった。

秋子　いいじゃないですか、やめ方なんて。私の夫もこないだディスカウントショップ、やめたんです。やっぱり若造に怒鳴られて。

貫井　へえ……

秋子　カメラ売場に配置されたんですけど、お客様に質問されても、答えられない。無理ですよ。ずうっと別の仕事をしてたんですもの。

貫井　じゃ、御主人はリストラか何かで？

秋子　倒産です。

貫井　ああ、私も似たようなもんだ。私の方はリストラですが……

秋子　えっ、元々ここの方じゃないんですか？

貫井　そうか、もうそんなふうに見えるんだ……

秋子　いいえ、ここでお会いしたものだから……

貫井　ずっと住宅メーカーにいました。ヨーデルハイムに三十五年。

秋子　ヨーデルハイム！
貫井　ええ、事業企画部で、ちょっと部長を……
秋子　私の家、ヨーデルハイムで建てたんです。アルプス建材の注文住宅。
貫井　それ、ヨーロッパ風の高級住宅じゃないですか？
秋子　まあ、お値段張りましたけど……
貫井　失礼ですが、御主人は以前、どんなお仕事を？
秋子　クリスタルゴルフで、ちょっと営業部長を……
貫井　クリスタルゴルフ！
秋子　ご存知ですか？
貫井　だって、私、会員権を持ってました。あそこはなかなか名門で……
秋子　あら、ご縁がありますのねえ……
貫井　そうですね、何だか似たような……
秋子　ああ、そうねえ、似たような……

二人、ちょっと微笑み合う。

貫井　あの頃は、自分がスーパーの品出しになるなんて……
秋子　ええ、夢にも想像しませんよ。

間。

貫井　で、今御主人は？
秋子　もう起きたかしら。とにかく、寝たり起きたりで……
貫井　ご病気ですか？
秋子　いえ、心がこう、ゆらゆらと……
貫井　ゆらゆらしますよ、しますよ、そりゃあ……
秋子　でも、お話聞けてよかったです。うちのも、こういう目にあってたんだわ。そうかそうか、それはそれは……（と、ロッカーの方に行き）じゃ、このロッカー、空いたんですね？
貫井　え？
秋子　あなたのロッカー。私、ここ使わせてもらいます。
貫井　奥さん、働くんですか！
秋子　ええ、ますますもって、私がしっかりしなくちゃと思いました。

貫井　見たでしょう、さっきの若造、ああいう扱いを受けるんですよ。

秋子　ですから、部長はリタイアなさった方がいいです。でも、部長夫人は、また展開が違うでしょうし……

貫井　あれだけじゃないですよ。あれなんか、まだいい方で、さっきのオバサンたち、あれはね、もっと手強い。恐らく、部長夫人はあっちの方と悲惨な展開をすることになりますよ。

秋子　（貫井のエプロンをつまみ上げ）このエプロンも使えるわ。さっきエプロンもないって問題になりましたから。

貫井　だからあれが、悲惨な展開の第一歩です。エプロンがないわけないでしょう。あるのに、ないって言ってんです。つまり、あなたを入れたくないわけで、すでに戦いは始まってるんですよ。

秋子　だって私、選んでる場合じゃないんです。あちこち回ってみたけれど、何の資格もスキルもないし、やっとここであの店長さんに……

貫井　あの店長は一番駄目。あれは遠からず失脚します。

秋子　私はね、食べていかなきゃならないんです。倒産で、退職金も出てないんですから。息子が二人いますしね、まだ大学生と高校生。パパはウチで揺れてるだけだし……

貫井　とにかく、私にそのエプロンを……（と、手を差し出す）
秋子　もうおやめになったでしょう？（渡さない）
貫井　店長に言われたわけじゃない。副店長が言っただけです。
秋子　えっ、さっきの決心はどうなさったの？

恩田が店の方から現れる。

恩田　貫井さん、品出しどうしたんです？
貫井　ちょっと、こちらに質問を受けたもので。はい、では直ちに。

と、秋子の手からエプロンを取り、上着も持って店の方へ去る。

恩田　すいませんね、たびたびのお待たせで……
秋子　いえ……
恩田　え〜、さっきはゴタゴタいたしましたが、基本的にＯＫですので、今日はいろいろ見学していってください。ただね、実習については、あまり協力が得られない可能性があります。一部のレディがごねておりまして、いや、お恥ずかしい限りですが、まだ私も赴任したばかりで、早い話、向こうがリードを取りたがるのね。それはいかんというのが本社の方針ですが、それがまだ徹底いたしませんで……

秋子　はぁ……

恩田　この店、売り上げガタ落ちなんです。近くに大型スーパーが建ち、その影響も大きいですが、もう一つの原因は、従業員にあると私は見るわけです。どうもね、みんなでつるんで、どうでもいいような空気を醸し出している。改革をしようとしても、なんだかんだと阻まれまして、苦しい足踏み状態が続いております。樋野さん……（と、いきなり秋子の手を握りしめ）どうか、私に力を貸してください。この店を変えるには、あなたのように場違いな奥さんが必要だ。あなたは、いかにもこの店に似合わない。そこに僕は期待をかけます、いろいろと、つらい目に会うかもしれませんが、僕を信じて、僕に力を……

と、ますます握った手に力を込める。戸惑う秋子。

店側のドアから窪寺久仁子が覗いている。

窪寺　店長……

恩田　え？（と、秋子の手を放す）

窪寺　下、ちょっともめてますけど……

恩田　誰？

窪寺　タケちゃんが、貫井さんに殴りかかって、モロさんの氷が散らばって……

恩田　ったく、何考えてんだあいつら……（と、飛んでいく）

窪寺　（ねっとりした目で見送ってから）新しい人って、あなたですか？

秋子　はい……

窪寺　惣菜担当の窪寺です。

秋子　樋野と申します。どうぞよろしくお願いします。

窪寺　店長、何か言いました？

秋子　え？

窪寺　今、言ってそうな感じでしたから……

秋子　ああ、少し……

窪寺　店長に協力してあげてください。私はまだ動きにくいとこあるんで。みんなとの、これまでの関係もありますしね……ただ、ちょっと心配なのは……

秋子　はい？

窪寺　もの凄く言いにくいんですけど……

秋子　何でしょう？

窪寺　今、手ぇ握ってましたよね。

秋子　あれ、握手じゃないかしら……

窪寺　ちょっとしつこくなかったですか？

秋子　さぁ……

窪寺　そういうので、困ったら、何でも私に言ってください。単身赴任してるんで、誤解招くといけないいし、割とスキンシップしがちな人なんですよね。でも、そういうの、イヤな場合もありますから、遠慮なく私に言ってください。

秋子　はい……

窪寺　じゃ……（と、店の方に去る）

開店の音楽が聞こえてくる。恩田のアナウンスが入る。

恩田の声　開店しました。開店しました。今日も一日、明るく愉快に働きましょう。

聞いている秋子。

2

数日後の午後。小見の正面に恩田が座っている。

恩田　いや、わかるのよ。君がある種の正義感から言ってるってのも。本音を言えば、僕は嬉しい。そりゃ嬉しいよ、若い人からそういうマットーな意見が聞けるってのは。ニッポンもまだ捨てたもんじゃないと思う。だからこそ、いずれはその意見を生かしたい。そのために、そのためにも、当座はちょっとしのげないかと……

小見　……

恩田　本社にはしょっちゅう言ってるんだ。これからは、肉に力を入れなきゃ駄目だって。肉が売れれば野菜も売れる。魚なんてのは単独主義でいけませんよ。フレッシュかねだの再生は精肉部門にかかってる。君は、言わば、その花形部署にいるわけで……

貫井が店側ドアから入る。

貫井　店長、副店長のことなんですが……

恩田　はい？

貫井　しょっちゅう邪魔しに来るんですけど、あれ何とかなりませんかね。あっ、その箱はそこ置いちゃ駄目だとか、こっちがせっかく片づけた分、また元に戻しちゃうんですよ。

恩田　はいはい、私もすぐ行きます。

貫井　いやあ、ひどいわ、この店の在庫管理は。一番下の箱なんか、みんな湿気にやられてて、中に時々ゴキブリの死体が……

恩田　貫井さん、報告は後でまとめて……

貫井　（座り込んでお喋りの態勢）本社の体質もあるんだろうなぁ。汚いのが庶民の活気だみたいな、横丁の八百屋的なね。こういう狭いバックヤードを使いこなす戦略をまず本社が持ってない。それでもって各店舗に任せちゃうんじゃあ……

恩田　ええ、それは重々……

貫井　パートの採用基準もなってないね。ちょっと気ぃ緩めると、こういう店は負け組のたまり場になっちゃうでしょう。何やっても駄目でしたみたいな、学校も中退してますみたいな……

小見、立ち上がり、ロッカーに向かう。

恩田 小見君……（と、追い）もうちょっと話そう、ね？
小見 （ロッカーに手をかけたまま）俺、中退してますから……
恩田 （振り返って貫井を睨む）……
貫井 いや、中退だからどうのではなく、人材のプロ化がはかれないなら、せめてシステムを標準化すべきだと……
恩田 （厳しく）貫井さん、ではシステムの標準化を引き続きお願いします。
貫井 はい……（と、出ていく）

恩田、小見の肩を抱いてテーブルに連れ戻す。

恩田 気にするなよ。ああいうオジサンが本当の負け組なんだ。リストラされちゃったくせしてさ、まだ大手の部長気分でいる。君はあの人よか、ずっといい給料とってんだ。考えようによっちゃ、面白い時代を迎えていると思わない？　今はこういう大逆転が全国各地で起きている。どうだろう、ここで踏ん張って精肉のプロになるってのは。そしたら、本社採用ってな話も出てくるわけでさ……

小見　（口ごもりつつ）こんなことやってて、プロになれるんスか？

恩田　小見君、もっと誇りを持ってくれないかな。僕はあえて、正義はこっちにあると言いたい。僕たちは、命を大切にする仕事をしてるんだよ。牛や、豚や、鶏が捧げてくれた尊い命を……

店側ドアから、竹内が入る。

竹内　店長、貫井さんのことなんですけど……

恩田　はいはい。じゃ、小見君、とりあえず戻っててくれないかな？　またあとで話そうよ。

小見、店側ドアから出ていく。

竹内　貫井はいつから掃除夫になったんですか？　ここんとこずっと、店長室の掃除ばっかじやないですか。
恩田　あれは在庫管理の一貫です。店長室にあんなに段ボールが積み上げてあるようじゃ……
竹内　ウチは狭いんだから、どうやったってああなりますよ。
恩田　それにしても規律がなさ過ぎませんか？　下の通路にも段ボールがデコボコしちゃって
……
竹内　在庫数は把握してます。
恩田　アバウトな把握じゃ困るんですよ。
竹内　アバウトじゃないですよ。月一で徹底チェックやってるし。
恩田　だから、それをもっとやりやすくしたいんです。少なくとも商品別に置き場所は決めて
……
竹内　置き場所、きっちし決まってんですけど。
恩田　あれがきっちしなんでしょうか？　カップラーメンなんか、あっちにあったり、こっち
にあったり……
竹内　みんなはちゃんとわかってます。
恩田　貫井さんは、わかりにくいと言ってますよ。だから出し入れに手間取って、すぐあなた
に怒鳴られると。

竹内　貫井は覚えようとしないんですよ！
恩田　ですから、貫井さんの覚えやすいように……
竹内　この店は貫井中心になるんですか！
恩田　そうじゃなくて、品出しの効率化をいかにはかるかという……

店側ドアから窪寺が入る。手にはグラタンを載せたトレー。
窪寺、険悪な空気に戸惑った様子。

恩田　すいません、竹内さん。すぐこちらから行きますんで……

竹内、トレイを一瞥して足早に去る。
恩田は目を閉じて深いため息。

窪寺　後にしましょうか？
恩田　食べますよ！

窪寺、恩田の傍のテーブルにトレイを置く。恩田、慎重に一匙《ひとさじ》すくい、食べ始める。生真面目に見守る窪寺。

恩田　（熱そうに口を動かし）豆腐の水切り足りないんじゃないの？

窪寺　かなりやったんですけど、やっぱり鮮度の問題じゃないかと。

恩田　ほうれん草も元気ねえなぁ……

窪寺　春日さんが、クターッとしたのしかくれなくて……

恩田　鮮度で逃げんな！　グラタンだぞ、ホワイトソースで何とかなんだろ！

窪寺　でも、やっぱり鶏肉を入れた方が……

恩田　そんな普通のグラタンじゃ駄目だ！　主役は豆腐とほうれん草だ！　健康ライフを提案するんだ！

窪寺　無理ですよ。ウチの素材でデパ地下のメニューに迫るのは。

恩田　迫ってよ。頼みますよ。この店の再生は惣菜の充実にかかってる。窪寺さん、あなたのその力に……（と、熱っぽく窪寺の手を握る）

窪寺　（熱く握り返し）お洗濯物、たまってません？

恩田　たまってません。ありがとう。（と、さりげなく手を放す）

窪寺　もしよかったら、お掃除とかも……

恩田　窪寺さん、あなたのその熱意ね、できれば一途にメニューに向けて……

窪寺　じゃ、春日さんに言ってください。もっといいほうれん草と、もっといい玉葱を……

恩田　僕が言うと角が立つでしょ。これはやはり君からの方が……

窪寺　私が言って、このほうれん草です。ここはぜひ店長から……

恩田　いったい何人に言やあいいの！　どこまで喋り続ければ……

秋子、店側のドアから入る。

秋子　すいません、いいですか？

恩田　あ、はい……

秋子　私、まだ休憩したくはないんです。でも新島さんに休憩を命じられてしまいまして……

恩田　どうぞ、座って。ミルクティーでもいれましょう。

秋子　いえ、そんなものいただいている場合では……

窪寺、ミルクティーの支度に向かう。

恩田　いいから、さあ……（と、秋子を促す）

秋子　すいません……（と、座る）

恩田　どうです、調子は？

秋子　スキャンに時間がかかり過ぎて……

恩田　慣れですよ。まだ三日目なんだから。

秋子　バーコードがなかなか見つけられないんです。ここかな、ここかなと商品をぐるぐる回してしまったり、それでお客様をお待たせして……

店側ドアから新島が入る。

新島　樋野さん、気にしないでよ。お客様の顔がひきつってたんで、私もきつい言い方しちゃったけど、別に消えろとか思ってるわけじゃないから。

秋子　すいません……

新島　店長からも励ましてあげてください。樋野さん、目をまん丸にしてバーコードを探してるんです。（秋子に）でも、力むから、かえって見つけらんなくなっちゃうんだよね。それで焦って、豆腐の上に醤油の大瓶を……
恩田　載せたのか？
秋子　いえ、カゴの中で醤油の瓶が……
新島　倒れたんです豆腐の上に、バタンってね。
恩田　で、豆腐は？
新島　しっかりヒビが入りました。三つとも。
恩田　三つ……
新島　あ、窪寺さん、その豆腐、健康メニューに使ってよ。下にとってあるからさ。
窪寺　どうも……
秋子　本当に申し訳ありません！
新島　大丈夫だって。あのお客さんカンカンだったけど、お豆腐三つお詫びにつけといたから。ゆっくり休んでね、ゆっくり！（と、笑顔で去る）

窪寺、秋子の前にミルクティーを出す。

秋子　こんなに駄目なのに、こんなにしていただいて……

恩田　え〜と、そうだな、まずは、休む。そして、それから……
秋子　今、レジ一台空いてますよね。あそこで練習しちゃいけないでしょうか？
恩田　店の商品を使ってですか？
秋子　ああ……
窪寺　それに、いるとお客さん並んじゃうし……
恩田　どうだろ、豆腐グラタンの応援団に入ってもらうのは？
窪寺　えっ……
恩田　樋野さんて、お料理うまかったりするんじゃない？
秋子　好きは好きですけど……
恩田　うん、こりゃいいかもしれない。あなたは相当おいしい物食べてきたって顔してますよ。これね、今、窪寺さんが作ってくれた、豆腐グラタン。まだ試作の段階ですが、ちょっと食べてみる？
秋子　はい！
窪寺　（いきなり皿を奪い）いえ、これはまだ……
恩田　あそう？　いや、いいんだけど。ほかにもね、豆腐のエスニックサラダとか、豆腐のドライカレーとか、健康を切り口に豆腐メニューを提案していこうってなことで……

秋子　いいですねぇ！　スーパーでそういうの、珍しいですよね。
恩田　でしょう？　メーカー主導の惣菜は、もはや戦力とは言えません。健康とエコロジーをキーワードに、いかに新しい客層をつかむか。樋野さんなんか、まさにターゲットにしたいお客様そのものですよ。
秋子　やらせてください！
恩田　（窪寺に）いいよね、これからメニュー増えるわけだし。
窪寺　ええ……

店側ドアから小見。一礼すると、ロッカーへ向かう。

恩田　あれ？

小見、かまわずロッカーを開け、手荷物を取り出す。

恩田　どうしたの？（と、近寄る）
小見　すいません。やっぱ駄目みたいで……（と、外側のドアへ）

恩田　ちょっと、それは待ってよ……（と、追う）

小見、恩田、外へ去る。

秋子　どうしたんでしょう？（と、ドアを開けて見る）
窪寺　あの子、引きこもりだったんですよ。
秋子　引きこもり？
窪寺　七年ぐらいやってたらしいです。
秋子　まぁ……
窪寺　店長はね、あの子を一人前の精肉にしようって、ちょっと張り切っちゃったんで、それで重たくなったのかも……
秋子　みんな大変なんですねぇ……
窪寺　それで、さっきのお総菜の件なんですけど……
秋子　あっ、はい！（と、戻る）
窪寺　まずいんですよ、ハッキリ言って。
秋子　え……

窪寺　樋野さんはチェッカーで入った人でしょう。それがいきなり惣菜ってのは……
秋子　ああ……
窪寺　店長は元は開発部にいた人で、まだ現場のことわかってないんですよね。私なんかは、この店を何とかしたいから、店長のやる気にはついて行きたいんですけど、時々えっと思うことあって……
秋子　（何となく頷いて）……
窪寺　今、店の空気が微妙でしょう。レジがダメなら、じゃあ惣菜？　そんな簡単でいいのかって、きっと誰かから出ると思うんですね。それでまた店長が足引っ張られたりすると……
秋子　そうですよねぇ……
窪寺　ただね、これ、樋野さんが自分で決めたことにしてもらえませんか？　私が言ったたって聞くと、店長はガックリきちゃうと思うんですね。樋野さんが、やっぱりくやしい、レジやりたいって言ってくれると、それはホラ、前向きな感じで伝わるわけだから……
秋子　はい……

店側ドアから小笠原が入る。

窪寺　冷凍、出てます？

小笠原　ああ、シュウマイがかなり……

秋子　すいません、いろいろご迷惑おかけしまして……

小笠原　いえ……

と、とたんに椅子をそろえたり、あたりを片づけ始める。

秋子　私やります！

窪寺　いいの、あれが小笠原さんの休憩なの。そうですよね、小笠原さん？

小笠原　どうなんだか……

と、曖昧に微笑み、給湯室へ。

窪寺　小笠原さんて、いっつも働いていたい人なんですよね。だから、変に手伝われたりすると、かえって気ぃつかっちゃうから……

小笠原、雑巾を手に出てきて、テーブルを拭く。

窪寺　愛がありますよ。勤続二十年だもん……

小笠原　二十一年。（ついでに椅子も拭いたりしながら移動）

窪寺　二十一年だもん。もうここは小笠原さんの家みたいなもんで。

小笠原、拾ったゴミをポケットに入れ、辺りを整えながら移動する。

窪寺　じゃ、樋野さん、店長には自発的にというセンで……

秋子　自発的？

窪寺　（トレイを見せ）だから、こっちは自分からやめたいと……

秋子　ああ……

窪寺　ミルクティー、飲んでよ。

秋子　ありがとうございます。

窪寺はトレイを持って店の方へ。秋子、義務のようにミルクティーを飲みかけて、

秋子　小笠原さん、ウチの息子、二十一です。二十じゃなくて二十一。

小笠原　（ややイキイキした表情を見せ）あら……

秋子　ちょっと言いたくなっちゃって……

小笠原　何月生まれ？

秋子　三月。三月八日。

小笠原　私は四月十二日。

秋子　お誕生日が？

小笠原　いいえ、この店のオープンが。四月十二日から働き出したの。

秋子　ああ、じゃあの頃だ。ウチのが生後一ヶ月……

二人、何となく微笑み合う。

秋子　あのう、ちょっと聞いちゃったんですけど……

小笠原　え？

秋子　小笠原さん、このお店で、一度もトイレに行ったことがないって、本当ですか？
小笠原　ああ、まあ……
秋子　二十一年間、一度も？
小笠原　ええ……
秋子　皆さん、小笠原伝説だって言ってらっしゃいました。
小笠原　水分をとらないようにしてるんで……
秋子　水分をとらない！
小笠原　いえ、ここではですよ。
秋子　それ、お客様のためですか、いつでも対応できるようにって？
小笠原　どうなんだか……
秋子　凄すぎる、あまりにも……
小笠原　もう、癖になってるから……
秋子　これがプロ意識なんでしょうねえ。私なんか、恥ずかしい！
小笠原　スキャンはね、ゆっくりやった方が、かえって早くできますよ。
秋子　ゆっくりの方が？
小笠原　そう、急がずに、落ち着いた動きでロスタイムを減らす。カゴとカゴの真ん中に立つと、身体を傾けなくても商品が移動できるから、時間の節約になるの。そこで生まれた時間のゆとりで、バーコードを探す。

秋子　深いですねぇ……

小笠原　カゴとの距離はこぶしひとつ。

秋子　こぶしひとつ……

小笠原　バーコードの位置は商品によって決まっているから、そのうちイヤでも覚えま……

店側ドアから星、携帯電話で話しながら入る。

そのとたん、小笠原は秋子に背を向け、掃除に戻る。

星　（憤慨して）だからさ、指揮系統が混乱してるわけよ。「地上の星」は私が歌うってことになってたじゃん？　それをさ、ここへきて、ナカジマが、私も歌うって突如だよ。そしたら、アベちゃんも引いちゃってさ、「そういうのは、二人で決めろ」とか何たらかんたら……

と、部屋を横切り、ソファーに寝転がる。

星　だから、ヤダっつ〜のナカジマとの直接対決は！　だってこっちは先生からOK出てんだもん、アベちゃんがビシッと切るべきなんだよ、そういう後からゴチャゴチャ言うのは……

店側ドアから、師岡が入る。秋子、立ち上がって、黙礼するが、師岡は無視してソファーの方へ。

星　ナカジマはさ、「出会いと別れ」系で行きたいって、自分っから言ったんだろ！　言ったよ言ったよ、「悲しい酒」にしよっかなとか。うわぁ、聞きたくね〜って思ったけどさ……

師岡　誰だよ、俺のベッドに寝てんのは。

星　俺だよ。

師岡　（舌打ちして、テーブルの方へ）……

星　（電話に）ちょっとうるさいの来ちゃったから、ちょっと切るよ、じゃね。（と、切る）

秋子　（怖ず怖ずと立ち上がり）あの、何かお飲物を……（と、師岡、星を交互に見る）

星　（着信メールを確認しながら）来てるぜ、来てるぜ……

師岡　男から？

星　うっふっふっだね……（と、まだ確認）

ひっそりと掃除を続けている小笠原。秋子、思い切って給湯室の方へ向かいながら、

秋子　あの、お茶でよろしいですか？　それとも……

星は完全無視でメールに専念。

師岡、ポケットから缶コーヒーを出し、テーブルの上にドンと置く。

店側ドアから春日が入る。

春日　樋野さん！　カゴたまってんの、戻しといてよ！　今レジに新島さんしかいないんだから、あんたがやんないでどうすんのよ！

秋子　はい、ただ、休めと言われたので……

春日　レジを休めって言っただけよ！　これ以上豆腐潰されちゃたまんないからさ！　あんた、

損害出してんだよ！　あんた、悪いって思わないの！

秋子　思います！

春日　そんなら自主的に動きなさいよ！　自分で探すんだよ、仕事ってのは！　こんなんで時給とっちゃ、泥棒だよあんたっ！

秋子　はいっ……（と、行こうとして、急に戻り、ミルクティーのカップを持つ）

春日　持ってくなよ、そんなモン！

秋子　いいえ、洗おうかと……

小笠原、素早く秋子の方に来て、手を差し出す。

秋子　あ、すいません（と、カップを渡す）

春日　早く早く早く早く！

秋子　はいっ！（と、飛び出していく）

小笠原、カップを持って給湯室へ。

春日　疲れるわ、思いっきし……（と、座る）

師岡　まあ、続かんだろ……（と、タバコを出し、火をつける）

星　おう、一本くれい……（と、寄ってくる）

師岡、テーブルにタバコとライターを投げ置く。星より先に、春日が一本抜き取って火をつける。

小笠原の控えめな咳払い。春日、窓辺に移動し、窓を開ける。

星、師岡も春日に続く。星、灰皿代わりの空き缶を物陰から取り出す。窓の上には「禁煙」の貼り紙。

春日　聞いた？　あの奥様、成城から通ってんだよ。

星　成城？

春日　一時間半もかけて、ご通勤なわけよ。

師岡　何で地元で働かんの？

春日　それが頭くんだよ。地元じゃ見つかんなかったザマスみたいなこと言ってんけど、あれ絶対嘘だから。スーパーのレジやってんとこ、ご近所に見られたくなかったザマスだよ。

ずうっと高級奥様やってきたんだろうからさ。
星　感じ感じ……
師岡　そう言や、貫井も田園調布だ。
春日　だから気ぃ合ってんだよ、あの二人。下々の方と一緒に働くのはつらいですなぁってなとこで……
星　貫井が元気出たよねえ……
師岡　出た……
春日　出た出た。急に店長に取り入っちゃってさ、今日なんか、タケちゃんにけっこうな口きいてんのよ。
師岡　それ、在庫のアレだろ？
星　やってたやってた、箱取り合っちゃって……
師岡　あれちぃっとヤバかねえか？
春日　ヤバイよ……
師岡　あの店長、かなり本格的に在庫整理やる気だぞ。さっき、いきなり俺んとこ来てよ、冷凍庫もうちっとちっちゃくできねえかなんて言いやがんの。隙間広げて、在庫置きてえんだと。

星　あっぷねえ！　冷凍庫いっぱいだって言ってやんなよ。

師岡　それを逆手にとるわけよ。冷凍庫がでっかいから、ため込んで鮮度が落ちるんだとか、どシロウトが言うわ言うわ……

春日　それさ、貫井が知恵つけたんじゃないの？

師岡　貫井をそこまで信用すっか？

春日　店長も土壇場のあがきだよ。さんざん貫井のこと馬鹿にしてたくせに、やっぱどっかにコンプレックスあってさ。一流会社にいた人のご意見は聞いた方がいいみたいな……

星　ああ、そっちに振れちゃってるかもしんない。

春日　貫井も狙ってっからね、あわよくば経営に口出したいって。

星　確かに、急激に飛び出したよね。豆腐の新メニューなんか……

師岡　えっ、あれも貫井かよ？

春日　じゃないかって気がしてきた。窪寺がいいほうれん草寄こせって言いにきたとき、貫井がチラチラこっち見んのよ。なぁんか怪しいんだわ、目の動きが。

星　窪寺も顔つき変わってきたよねぇ……

師岡　きたきた……

春日　事実化粧も濃くなったし……

星　何かあったんじゃないの、店長と……

春日　そこまでぶっ飛ばないだろ、窪寺は……

星　いや、ぶっ飛ぶね、窪寺は……

春日　子どもいるんだよ。

星　亭主いないんだよ。

師岡　おい、話戻せよ。

春日　小見も戻ってこないねぇ……

師岡　小見も限界だろ、ああチョコマカ言われるんじゃ……

春日　とにかく、これ以上あのどシロウトにかき回されちゃたまんないからさぁ……

孤独に整理整頓を続けている小笠原。

店側ドアから秋子、息を弾ませて戻る。手にはシュウマイの入った店のレジ袋。

秋子　あのう、今、通路の箱から、これが出てきたんですけど……

春日　は？

秋子　バックヤードの通路に、プラスチックのケースが積み重ねてありますでしょ？　その一番下からこれが……

春日　で？

秋子　中はですね、ポークとカニとエビのシュウマイが二つずつ、計六個。なぜか、新聞紙にくるまれて、レジ袋に入って、保冷剤の下に埋まってたんです。

星　埋まってた？

秋子　ええ、「カラ箱」って貼り紙がしてあるのに、重かったので開けてみたら……

小笠原、スーッと出ていく。何となく目で追う秋子。

師岡　奥さん、そういうのは、下でお聞きになってくださいませよ。

と、立ち上がってソファーに移動、寝転がる。

秋子　新島さんに聞いたんです。そしたら、そういうことは春日さんにって……

春日　なぁんで私に振るのよぉ……

星　冷凍シュウマイは売り出しだもん。出し過ぎちゃって戻したんじゃないの？

と、店側ドアから出ていく。

秋子　(星を目で追い) でも、なぜ冷凍庫に戻さないで、通路の箱の中なんかに……
春日　その前にお聞きしたいんですけど、下で何をなさってたんですか？
秋子　あ、バックヤードのお掃除を……
春日　頼んだっけ、そんなこと？
秋子　カゴは戻し終えたので、自主的に仕事を探そうと……
春日　そうでしたか。じゃ、ひとまず、それは……(と手を差し出す)
秋子　はい……

と、渡そうとしたとき、外から恩田が戻ってくる。

秋子　あ、店長さん、今、通路の箱から、このシュウマイが……
恩田　シュウマイ？
春日　店長、小見君、逃げたんですか？

恩田　いえ、よく聞いたら急用でした。後は私が代行しますんで。

店側ドアから貫井が入る。

貫井　店長、副店長が感情的でもう話になりません。やっぱり店長から話をつけていただかないと……

恩田　はいはいはいはいはい……（と、イヤそうに出ていく）

秋子、袋を持って恩田を追おうとする。その袋を春日が素早く抜き取る。

春日　これさ、私が預かる。責任もって調べますから。

秋子　そうですか。すいません。

春日　いいから貫井さんにコーヒーでも出して。ずっと働きっぱなしなんだから……

秋子　はい……

春日、出ていく。秋子は給湯室へ。

師岡　貫井さん……（と、起き上がる）
貫井　はい？
師岡　昨日の魚の残数表ね、干物が書いてなかったよ。
貫井　え、書いたはずですけど……
師岡　なかったんだよ！　刺身にばっかり神経使って……（去る）

貫井、苛立たしげに事務机の方へ。ノートパソコンを開く。

秋子　（給湯室から顔を出し）大変そうね……
貫井　別に、あんなの……
秋子　そう？　私の方は失敗ばっかり……（と、給湯室に戻る）
貫井　今の何？　春日さんに預けたの？
秋子　シュウマイです。なぜかバックヤードのカラ箱から……
貫井　時々あるんですよ。特に、冷凍食品の安売りの日に。
秋子　えっ……

貫井　従業員用ってやつですよ。売り切れてなくならないように、ああやってとってある。
秋子　でも、今、誰も知らないって……（と、貫井の前にコーヒーを出す）
貫井　知ってたって言わないでしょう。隠れてやってるわけだから。
秋子　隠れて……
貫井　レジを通さないんですよ。
秋子　じゃ……
貫井　シュウマイだけじゃないですよ。ここの従業員はしょっちゅう商品をくすねてる。それを、わざわざレジ袋に入れて、いかにも買ったようなふりして持ち帰るんです。
秋子　見たんですか！
貫井　何度かね……
秋子　店長さんも知ってるの？
貫井　知ったら大変ですよ、こんなこと。
秋子　じゃ、貫井さん、言ってないの？
貫井　言ったってしょうがないでしょう。奴らはしらばっくれるに決まってる。いくらだって誤魔化しはきくんだから。ここは在庫管理もいい加減で、万引きとの区別もつきにくい。下手に動くとヤブヘビですよ。

秋子　そんなのおかしいわよ。現にあなたは見てるんですから。
貫井　……
秋子　誰と誰がやってるんです？
貫井　知ってどうする？　あなたが告発するんですか？
秋子　それは、いきなりというわけにはいかないでしょうけど……
貫井　イヤなもんですよ、告発ってのは……
秋子　でも、そういう不正は誰のためにもならないでしょう？　不正をしているご本人にだって……そうだ、ご本人に言うのはどうでしょう？　見ちゃいましたけど、いけないんじゃないですかって。

貫井、笑い出す。

秋子　あら、何がおかしいの？
貫井　面白い人だ、樋野さんは……（と、さらに笑う）
秋子　だって、こういうことを知った人がとるべき態度があるはずです。何にもしないで、見て見ぬ振りをするなんて……

貫井　バーコードも見つけられない奥さんが、突然正義を振りかざすか。
秋子　失礼ね。それとこれとは別ですよ！（と、行こうとする）
貫井　ちょっと、言うんですか？
秋子　だから、シュウマイのことだけ店長に……
貫井　待ってよ、あなたが今それ言っちゃうと、僕は何してたのかってことになるじゃない。
秋子　いいじゃないですか、気づかなかったで。
貫井　わかんない人だなぁ。品出しの僕が気づかないでどうするの。
秋子　だったら、一緒に言いましょうよ。
貫井　それはね、見て見ぬ振りをしてきたと、自ら告白するようなもんです。事実、そうしてきたんだよ。こんな店、どうだっていいと思ってたんだから！
秋子　……
貫井　ただね、今は少し違います。今は少し、やる気が出てきた。もう一回、ここから出発してみようと、急にそんな気がしてきて。そうしたら、店長とも話が通じるようになったんですよ。彼は今、僕の提案をいくつか受け入れ始めている。チャンスなんです。慎重にやりたい。品出しで終わりたくないんです。

店側ドアから恩田が入る。

恩田　貫井さん、「森のお水さん」は、元んとこ戻してもいいかなぁ？　あっちも頑《かたく》なで、どっかで妥協点を見つけないと……

貫井　はい、それぐらいなら……

恩田　すいませんね。あ、樋野さん、さっきの何？

秋子　え……

恩田　シュウマイがどうとか言ってたけど……

秋子　いいえ……あれはもう……

恩田　いいの？　顔が変だよ。

秋子　顔だけなんか、変になっちゃって……

恩田　スマイルですよ！　ね、泣きそうなときほどスマイルです。

と、笑顔を作りつつ去る。

貫井　……ありがとう。

秋子　……

貫井　このままでいいとは思いません。いずれ、僕なりの解答を………（と言いかけて、去る）

一人残る秋子。

3

数日後の夕方。小笠原が電話中。竹内はカップラーメンをすすっている。

小笠原　お茶漬けじゃないの、海苔の缶よ。焼き海苔の空いた缶に、今日のお薬入れてあるから。出るときにそう言ったでしょ、お薬は、焼き海苔の缶の中にあるって……

レジ袋を持った星が、店側ドアから入る。

小笠原　そうよ、私が分けたのよ。これは朝、これは昼って、あなたが間違えないようにしてあるの。それを飲んで、必ずよ。はい、じゃ、必ずよ。（と切り、ロッカーへ）

星　ダンナ、心配だね。

小笠原　全くもう、どうなんだか……（携帯電話をロッカーに戻し、店の方へ去る）

星　夜メシ？
竹内　昼メシ。
星　またずらし込んで、そんなモンばっか！　（と、袋から惣菜のパックを二つ取り出し、竹内の前に置く）しゃあない、私のおかずを提供しよう。
竹内　（惣菜パックをじっと見つめ）……
星　いいから食べてよ。
竹内　レシート、あります？
星　え？
竹内　買ったんなら、レシートあるでしょ……
星　私はレシートもらわないの！　紙ため込むの好きじゃないんだ。
竹内　じゃ、気持ちだけ、ごちそうさん……（と、惣菜を向こうへ押しやる）
星　何だよ、急に、どしちゃったのよぉ……
竹内　気ぃつけてほしいんスよ。もう前とは違うから……
星　へえ、何だかよくわかりませんけど……（と、パックを袋に戻し、ロッカーへ。鍵を開ける）

店側ドアから春日が入る。手にはやはり重そうなレジ袋。

春日　ああ、頭くる頭くる！

と、竹内の前に直進。レジ袋をテーブルにドサリと置く。
その袋を不快そうに見る竹内。

春日　店長ったら、これからは、マンゴーとパパイヤも入れろって言うんだよ。私ゃあ、耳を疑いましたよ。客の顔見ろよ。マンゴー、パパイヤ買う顔かよ！
星　言ってやんなよ。
春日　言ってやったよ！　そしたら、客の顔を変えたいんです。新しい顔を増やしたいだと。ったく、どこの高級住宅街と間違えてんだか……
星　また貫井が囁いたんじゃないの？
春日　タケちゃん、何とかしようよ。マジでこの店潰れますよ。あのどシロウトの自爆テロで……

と、レジ袋からペットボトルの飲料を三つ出し、二人の前にポンポン置くと、一つを自分が飲もうとする。

竹内　俺、いいス……（と、置かれた飲料を押し戻す）

星　私もいいや……（と、返す）

春日　あら、皆さん遠慮深いこと。（と、頓着せずに袋にしまい、ロッカーへ）とにかくさ、これはもう、本社への直訴もアリだね。ここまで対立深まってるって、たぶん本社は知らないよ。（と、レジ袋をロッカーにしまう）

店側ドアから師岡が入る。手にはやはりレジ袋。

師岡　タケちゃんよ、店長が魚の発注、自分を通せって言い出したぞ！

と、竹内の前に直進。レジ袋をテーブルにドサリと置く。

その袋を不快そうに見る竹内。

師岡　こっちはタケちゃんを通してんだって言い張ったけどよ、そいじゃ満足できねえんだと。

春日　ほら、直訴の季節だよ。
師岡　大トロの発注が多過ぎませんか、ここじゃあそんなに出ないでしょとか抜かしてさ……
（レジ袋を持ち、ロッカーへ）
星　また貫井が囁いたんだ……
師岡　そうそう、悪魔の囁きね……（と、レジ袋をロッカーへ）

店側ドアから、新島が入る。手にはやはり、レジ袋。

新島　タケちゃん、聞いてよ！　店長がレシート全部点検したいって！

と、竹内の前に直進。レジ袋をテーブルにドサリと置く。
その袋を不快そうに見る竹内。

春日　レシートの点検？
新島　タケちゃんがやってるって言ったんだけど、自分がやるってきかなくって……（と、レジ袋を持ち、ロッカーへ）

星　げぇ……

師岡　貫井だ貫井だ……

春日　さあ、タケちゃん、GOサインを出しておくれ。

竹内　直訴は前にもやったじゃないスか……

と、カップ麺の汁を捨てに給湯室へ。

春日　今度もやろうよ。前のグータラ店長、みんなでポイしたみたいにさ……

師岡　イヤだけどよぉ、団結しかねえよ。

竹内　だけど、また新しい店長が来るだけだから……

春日　今度こそ、タケちゃんを店長にって、私はそこまで言うつもりだよ。いっくら経済学部出てたって、現場を知らないヤツは駄目だよ。

竹内　そう何度も直訴すると、本社だって調べますよ。

新島　(春日に) 調べてもらっていいですよねえ。ただの品出しが、こんなに出しゃばってるってこと。

竹内　こっちのことだって調べますよ。

春日　こっちはソツなくやってますよ。
竹内　どうかなぁ。最近エスカレートしてるみたいだし……
星　だったら時給を上げろっての。ベテランだよ、私らは。新人の奥様よか時給が低いんじゃ……
春日　タケちゃん、私らだって、タケちゃんが店長になったら、それは全然違ってくるよ。こんな気持ちで働かなくってすむんだもん。店のためと自分のためが一緒になると思うんだ。
竹内　店長は、春日さんが一番いいスよ。
師岡　あれ、青年、夢を捨てたの？
竹内　だって、実質、動かしてんのは春日さんだし……
春日　私じゃ駄目だって。本社のジイさんが納得しない。地上の星はタケちゃんだけなの。

店側ドアから窪寺が入る。

窪寺　春日さん、ほうれん草をまた少し……
春日　……

窪寺　一把でいいのよ。
春日　……
師岡　窪寺よ、もう豆腐グラタンあきらめな。やつれ方が普通じゃねえぞ。窪寺の目がくぼんでらぁ。

竹内と窪寺以外は笑う。

窪寺　私だって、別にやりたくてやってるわけじゃ……
春日　くぼんでら、あんたが団結乱してんだよ。あんな店長、来たとたんに潰せたのに、くぼんでらがおべっか使うから……

店側ドアから恩田が入る。

恩田　あ〜、伝票整理がやっと終わった。師岡さん、ちょっとの間、ベッドをお借りしていいかしら？
師岡　生臭くってもよろしかったら……

恩田　お許しが出た。ありがとう。

と、ソファーに横たわる。
春日、師岡、竹内、星、新島、揃って立ち上がり、店の方へ。

恩田　あ、皆さん、今月を「万引き摘発強化月間」といたしました。在庫整理が進むにつれ、明らかになったことですが、どうも商品の減り方が著しい。ウチはカメラの設置も少ないんで、お一人お一人が、厳しく目を光らせてください。

竹内　はい……

窪寺以外はゾロゾロと出ていく。

窪寺　店長、豆腐グラタンのことですけど……
恩田　(目を閉じたまま、うるさそうに) また！
窪寺　私、もうどうにかなりそうです。別のメニューじゃいけませんか？
恩田　自信がないなら、もう一度、樋野さんにアタックなさい。

窪寺　樋野さんが、自分で惣菜はイヤだと言ったんです。それをまたお願いするなんて……

恩田　ワガママだなぁ、あの奥さんも……

窪寺　店長、私の目を見てください。

恩田　え？

窪寺　私の目、くぼんでます？

店側ドアから、貫井が入る。手には企画書。

貫井　店長、例の激安セールですが、企画書を作ってみました。

恩田　どれ……（と、起きあがる）

窪寺はしおしおと店の方へ。

恩田　（企画書を受け取り）新店長お目もじセール……

貫井　どうでしょう、そのネーミングは？

恩田　かなり恥ずかしいですねえ……

貫井　ただの激安セールでは、変わりばえしないかと思いまして。
恩田　（さらに読み）恩田ちゃんが来た。フレッシュかねだが変わった。
貫井　そういうキャッチも入れてはどうかと……
恩田　これ、チラシに入れちゃうの！
貫井　店長を前面に出したいんですよ。ご赴任以来初めての大々的なセールですから。
恩田　しかし、「恩田ちゃんが来た」ってのは……
貫井　お名前を出す方が、親しみ度がアップします。「あ、恩田ちゃんだ！」と声をかけたくなるような、店長のアイドル化をはかりたい。つきましては、入り口に等身大のお写真も飾ろうかと……
恩田　待ってよ！
貫井　可愛いですよ、恩田ちゃんがニッコリ笑って、いらっしゃいませ！（と、写真のポーズをやって見せる）
恩田　僕だったら素通りですね。
貫井　いいんです、オジサンなんか素通りしたって。呼び込みたいのはお子さまね。「あっ、面白そうなオジチャンだ！」と、若いママさんの手を引っ張り……
恩田　引っ張りますか、こんなんで？（と、写真のポーズ）

貫井　可愛い！　店長、可愛いですよ！

恩田　そうかなぁ……

貫井　頭には、ニワトリさんのシャッポがあるので、おそらくさらに可愛くなります。

恩田　ニワトリさん？

貫井　え〜、ここに図で示してありますが……（と、恩田の手にする企画書をめくり）ほら、こういう……

恩田　これ、トサカ？

貫井　おメメもついてます。つまり、ニワトリさんのお顔の部分を……

恩田　悪ふざけも甚だしい！　不許可です。大却下！

貫井　店長だけに被らせようってんじゃありません。ほら、豚さん、牛さん、お魚さん、大根さん、こういうシャッポを店員全員が被りまして……

恩田　被ってどうなる！　ドッチラケのお笑いだ。

貫井　お笑い、それで行きましょう！　恩田ちゃんの笑えるスーパー！

恩田　せっかくですが、忙しいので……（と、行こうとする）

貫井　店長、私は重要な提案をしているつもりです。大手スーパー、ファミリーライクの参入で、当店は厳しい競合を迫られている。都内に七店舗しか展開していない、わがフレッシュかねだは、箒《ほうき》でミサイルに立ち向かっているようなものです。安売りでも勝てない、品数でも勝てない、もはや、個性で勝つしか……

恩田　貫井さん、これまでにもいろいろご提案はいただきましたが、まだ一つも成果は出ていない。出てないんです、一つも！

貫井　ですから、お目もじセールでそれを一気に……

店側ドアから秋子が入る。

秋子　……すいません、私、まだ休憩したくはないんです。でも新島さんに休憩を命じられてしまいまして……

恩田　（うんざりして）今度は何です？

秋子　今度はレジのお勘定が……

恩田　勘定が合わない？

秋子　今、レジ上げをしたら、一万円ほど足りなくて。クーポンや商品券にはかなり注意してたんですけど……

恩田　割引き額を間違えたんですか！

貫井 でも、樋野さんは今、小笠原さんのフォローに入ってたんでしょう？ 金券は小笠原さんが扱ってたんじゃ……

秋子 ええ、でも、小笠原さんは御主人がご病気だそうで、今日はたびたびお電話に行かれて、そのときは、私が対応したので、新島さんは、私のミスだと……

店側ドアから新島が入る。

新島 樋野さん、気にしないでよ。新人のチェッカーにはよくあることなの。きっと、五千円の金券を一万円と見間違えちゃったんだよね。そいで、割引きし過ぎて、こんなに足りなくなっちゃったのよ。店長、怒らないであげてください。よく休めば、目のかすみもとれると思うんで……

貫井 それさぁ、小笠原さんのミスって可能性ないの？

新島 (キッとなり) 小笠原さんは、開店以来ノーミスの、伝説のチェッカーです！

恩田 はいはい、後でレシート、点検します。

新島 店長、こういう間違いは、レシート見たってわかりませんよ。

恩田 とにかく、樋野さんには休憩してもらいましょう。新島さんは、お戻りください。

新島、プンとしたまま店の方へ。

恩田　樋野さん、あなたは、やっぱり惣菜に回った方がよさそうですね。

秋子　いいえ、それは……

恩田　どうしてあのとき断ったんです？　窪寺さんもがっかりしてましたよ。豆腐グラタン、期待してたのにって。

秋子　窪寺さんがそう言ったんですか！

恩田　仕事というのは、もっとシビアに考えていただかないと困ります。こういうことが積み重なりますと、私としても……

店側ドアが開き、竹内が半分身を乗り出す。

竹内　店長、万引きの現行犯を捕まえました。

恩田　おや、さっそく来ましたか。

竹内　ここに通していいですか？

恩田　はい、じゃとりあえず……
竹内　（ドア外の人物に）入って。

大坪久弥、しずしずと入ってくる。膨らんだ手提げ袋を持った竹内が続く。

竹内　そこ座って。

と、恩田の正面に座らせ、大坪の手提げ袋をテーブルに置く。

恩田　この人が？（と、高齢なので、やや当惑）
竹内　はい。レジ通んないで外に出たんで、追いかけて連れ戻しました。

と、手提げの中の商品を次々と出す。

竹内　一応カゴも持ってましたが、商品は直接この袋の方に、取っちゃ入れ、取っちゃ入れして……

大坪　慣れないもんで、つい混乱しましてね。スーパーに来るのは初めてなもんで……
竹内　今どきいねえよ、そんなジィさん！
貫井　とにかく、お名前とご住所、書いていただきましょうか。
恩田　あ、そうね。

貫井、メモ用紙を取りに立つ。

大坪　私、字が書けないんです。
恩田　字が書けない？
大坪　五歳で奉公に出されまして、勉学の方がちと……
竹内　嘘こけ！
大坪　皆さんはご存じなかろうが、そういう時代があったんですよ。
恩田　身元のわかる所持品ないの？
竹内　ありません。所持品はこのがま口だけで。（と、手提げの中から出して渡す）
恩田　（開けて）七百円ちょっとだな……
竹内　元々買う気なんてないんですよ。

大坪　失礼な！　七百円でも買い物はできる。
竹内　じゃあ、買ってみろ、こいだけのモンを七百円で！
貫井　（紙とボールペンを出し）じゃ、おじいちゃん、書かないでいいから、言ってください。
大坪　はぁ、何を？
貫井　お名前と連絡先。まさか、それも知らないわけじゃないでしょう。
大坪　ああ、それならよく知ってます。何たって、本人ですから。
貫井　よかったなぁ、じゃ、どうぞ。
大坪　おや……
恩田　え？
大坪　名前が……あら……私は誰……
竹内　ふざけんなよ、ジイサン！
大坪　いや、この歳になりますと、壊れたラジオのようなもんで、勝手に切れたり、繋がったりで。コレ、思い出せ……（と、自分の頭を小突いてみせる）
恩田　これ以上ふざけると、警察に連絡しなけりゃなりませんが。
大坪　それは、あんまりな。こんなボケた年寄りを……
貫井　だから、早くどこの誰だか言って、ご家族に迎えに来てもらいましょう。

大坪　しかしねえ、ご家族はいません。
貫井　一人暮らし？
大坪　ええ、もう天涯孤独。
恩田　それにしちゃあ、様々な食品を……
大坪　まぁ、食の多様性を心がけようかと……
貫井　おじいちゃん、いくつ？
大坪　九十二。
貫井・恩田　九十二！
竹内　歳だけなぜ出る？
大坪　今突然繋がって……
恩田　情状酌量を狙ってませんか？　九十二なんて嘘でしょう？
大坪　そんなに若く見えますか？
竹内　このジジイ！　何か一つはホントのこと言えよ！

インターホンから新島の声。

新島の声　定番トラック、着きましたぁ！
恩田　弱ったね……
秋子　あの、ここなら、私一人で……
恩田　しかし、それは……
貫井　私も残ります。
竹内　品出しやりたくねえんだろ！
貫井　いや、私は万が一の場合を……
秋子　私一人で大丈夫ですよ。ご高齢ですし、少し休憩なさった方がいいかも。
恩田　そいじゃあ、バッとやっちゃいましょう。

恩田、貫井、竹内、出ていく。

大坪　大変だねえ、現役の方たちは……

秋子、万引き商品に近寄って、

秋子　お野菜はお嫌いですか？
大坪　え？
秋子　だって、ここに一つもないから……
大坪　ああ、一人モンなんで、料理するのが面倒で……
秋子　そう言えば、お肉もないし、お魚もない。
大坪　つい、すぐ食えるモンばっかり……
秋子　そして、誰かのための物ばっかり……そうなんじゃありません？
大坪　いえ、自分のためですよ。
秋子　嘘！　誰です、この「こんにゃくダイエット」を必要とする人は？
大坪　……
秋子　誰なの、「眠気シャッキリガム」をこんなにたくさん嚙む人は？
大坪　……
秋子　「スタミナうどん」に「スタミナ焼きそば」、誰です、このスタミナ系は？
大坪　……
秋子　「粒チョコデニッシュ」「クリームチーズパイ」……こういう物が好きな人は誰？
大坪　誰と言われても、私なんで……

秋子　そうかしら？　ご家族を傷つけたくないんでしょう？　それで、知らせたくないんでしょう？

大坪　……

秋子　（食品を見渡し）この中で、一番仲のいい人誰です？　その人だけに連絡しましょう、それで、迎えに来てもらって、あとは秘密を守ってもらうの。

大坪　……

秋子　このまま何も言わないと、店長も立場上、警察に連絡しなきゃなりません。そうしたら、またそこで「ご家族は」って聞かれるんだし……

大坪　……

秋子　ね、今、ご自分でお電話なさったら？　みんなが戻ってこないうちに……

大坪　今電話したら、「スタミナうどん」が出てしまう。これには一番知らせたくないんです。二浪して、だいぶ気弱になってるから……

秋子　「こんにゃくダイエット」はどこにいます？　この方なら、お元気なんじゃゃ……

大坪　それがストレス太りなの。職場でいろいろあるらしくて、こんなの聞いたら死んじゃうよ。

秋子　「眠気シャッキリガム」はどうです？

大坪　今トラック運転してるよ。ただでさえヘバってんのに、事故ったらどうすんの。

秋子　じゃ、「粒チョコデニッシュ」は？

大坪　まだ中学生だよ。しかも、ちょくちょくイジメにあって……

秋子　不幸な話、作ってません？

大坪　いやいや、超マジ、俺が毎日ハッパかけてんの。頑張れ、頑張れ、今にいい日がくるからって。その俺が、何でこんなことをやっちまったか……

店側ドアから、小笠原が入る。

秋子　あ、ご休憩？

小笠原　いえ、ウチに電話を……（と、ロッカーの方へ）

大坪　ちいちゃん！

小笠原、立ちすくむ。

大坪　そうか、ちいちゃん、まだいたのか。いや、ちいちゃんらしいや、さすがだよ……

秋子　お知り合い？（と、二人を交互に見る）
大坪　ちいちゃん、俺だよ、八百久だよ。
秋子　ヤオキュー……
大坪　この先の、角の八百屋。ちいちゃん、毎日買いに来たろう。
小笠原　（秋子に）あのう、こちらさんは、なぜここに……
秋子　え～、それが、ちょっと……
大坪　ああ、今、捕まっちゃってね……
小笠原　捕まった……
大坪　金払うの、忘れちゃって……
小笠原　すいません、お取り込み中に……（と、踵を返す）
大坪　いいんだ、ちいちゃん、遠慮しないで！（秋子に）いいよね？
秋子　ええ……
小笠原　でも、私、忙しいんで、ごめんなさい、さようなら……

と、そそくさと去る。

大坪　何だよ、ひでえ女だな！　俺のこと、忘れてるはずないのに。まあ、アイツは昔っからそうだった。昔っから平気で人を……

秋子　八百久さん……

大坪　ああ、バレちまった……

秋子　いえ、まだそれだけじゃわかりません。この先の、角の八百屋さんなんですね？

大坪　ウン、二十年ほど昔のね……

秋子　え、そんな昔の……

大坪　ほら、ちょっと来てみ……

と、立ち上がり、窓に寄る。秋子も続く。

大坪　向こうに牛丼屋の看板が見えるだろ。黄色いとこに青い字の。

秋子　ああ……

大坪　あすこに、俺の店があったんだ。

秋子　へえ、いいとこじゃないですか。

大坪　そうよ、繁盛してたのよ。この界隈じゃ、ちょいと知られた八百屋でね……

秋子　まあ、じゃ、どうしておやめになったの？
大坪　奥さん、考えてよ。そりゃ、フレッシュかねだができたからだよ。
秋子　あっ、そうか……
大坪　かないませんよ、こんな店ができちゃ。箒でミサイルに立ち向かうようなもんだよ。まず、隣の肉屋が潰れたろ、それから、魚屋が潰れて、乾物屋が潰れて……
秋子　まぁ、厳しいものですねえ……
大坪　ちいちゃんだって、つれないよなぁ。毎日買いに来てたくせに、フレッシュかねだができたとたん、パートで入っちゃうんだもんなぁ……
秋子　そうでしたか……
大坪　俺はね、ちいちゃんには特によくしてた。大根ポンと半分に切って、ほらオマケだ、なんてのはしょっちゅうで。だから俺の顔を忘れるはずはないよ。そりゃ、二十年もたったけど、その前の二十年があるんだもん。だから、あれは、気をつかったんだな。そうだよきっと、気をつかったんだ……

と、またテーブルの方に戻る。

秋子　あのう、じゃ、今日はどちらから?

大坪　大宮だよ、次男のとこ。

秋子　え、はるばるそんな遠くから……

大坪　別に来る気じゃなかったんだ。家出たときは、そこらで買い物するつもりでね。でも、天気がいいだろ、何だか遠くに行きたくなって……ここら辺も変わったねえ。知ってる建物はないかって、ウロウロしてたら、ここへ出て、はぁ、ここだけは生き残ったのかと、妙になつかしくなっちゃってさ。あの頃は死んでも入るかって、意地張ってたんだけど……でも、この店も危ねえなぁ。肉も駄目、魚も駄目、野菜もけっこうくたばってる。そんなの見たら、何だか腹が立っちゃってさ。いいのか、この大根で、この人参で、八百久に勝った店が、今じゃこんなか、こんなスーパーに、八百久は負けたのか……

間。

大坪　さてと、じゃあ、スタミナうどんに電話しますか……

秋子　あの、あの……

と、大坪の手提げとがま口を取りに走り、

秋子　これ持って、もう、このまま帰ってください。

大坪　え……

秋子　ここから外へ出られます。トラックも、もう行ったみたいだから、今ならたぶん、見つからずに……

大坪　奥さん、それはまずいんじゃないの？

秋子　まずいです。だから早く！（と、大坪を引っ張ったり、押したりしながら、外ドアの方へ）

大坪　あ、奥さん、乱暴な、痛い、危ない、ちょっと、奥さん……

秋子　はい、気をつけて、さようなら！

秋子、大坪を押し出し、ドアを締める。
とたんに、店側ドアから貫井が戻る。

貫井　ジイサンは？

秋子　今、ちょっと……

貫井　トイレかい？
秋子　そう、トイレ。私がトイレに行ってる間に、逃げてしまって。
貫井　逃げた！
秋子　それで、すぐ追いかけて、見当たらないので、仕方なく、戻ってきたところです……
　　　（と、いくらか息を荒げてみせる）
貫井　何ですぐ呼ばないの！
秋子　あんまり申し訳なくて、自分で解決しなくちゃと……
貫井　ドジだなぁ、樋野さんは、こうも続くと、ちょっとまずいよ。
秋子　もういいの、今日でやめる。ほかの仕事探すわ。
貫井　ほかってどんな？
秋子　何かあるわよ、探せば何か……
貫井　その間《かん》生活どうすんの？
秋子　車売るの。もう決めたの。家だって、いざとなったら売れるんだし……
貫井　家売るの！　我がヨーデルハイムの高級注文住宅を？
秋子　だって、もうここまできたら……
貫井　よくご亭主ＯＫしたね……

秋子　車は渋々ＯＫしたけど、家の方はこれからよ。成城の家は、あの人の成功のシンボルだったから……

貫井　それ、ギリギリ守ってやんなよ。俺だって、田園調布は最後の砦だ。

秋子　ここにいたって、家なんか守れない。一ヶ月休まずに働いたって、食べてくだけで精いっぱい。子どもの学費も払えない、生命保険も払えない。どうせこのまま落ちて行くなら、もうちょっと、嘘をつかずに働けるところで……

貫井　嘘？

秋子　嘘ついてるのよ、私、いっぱい。お友達のアンティークのお店を手伝ってるって、ご近所には言ってるの。それに、ここでも嘘をつく。毎日毎日嘘をついて、私はどんな人間になっていくのか……

貫井　今に俺が改革するよ。嘘つかないで済むようにさ……

秋子　今、貫井さんにも嘘ついた。おじいさん、逃げたんじゃないの。本当は私が……

貫井　逃がしたの！

秋子　だって、何だか、そうしたくなって……

店側ドアから、恩田が入る。

恩田 あれ、おじいさんは？

秋子 （進み出て）店長、実は……

貫井 （秋子より進み出て）ジイサンが逃亡しました。樋野さんがトイレに入り、私が見張っておりましたが、ジイサンは心臓発作を装って倒れましたので、私があわてて病院に電話しましたところ、その隙に、そこのドアより逃亡しました。私は直ちに追いかけましたが見失い、仕方なく今戻ったところです。（と、いくらか息を荒げてみせる）

恩田 何やってんですか！　この万引き摘発強化月間に！

貫井 申し訳ありません！

恩田 もういい、仕事にお戻んなさい！

貫井 はいっ……（と、戻りかけ）樋野さんが、私をかばおうとなさるかもしれませんが、決して樋野さんのせいではありませんので……

恩田 いいから向こうへ！

貫井 失礼いたしました！（と、去る）

茫然と見送る秋子。恩田、にこやかに秋子に近づき、

恩田　樋野さん、ちょっと座りましょうか。

　　　　と、秋子の肩を抱くようにして座らせる。

恩田　言おうか言うまいかと、かなり迷ったことなんですが、落ち着いて聞いていただけますか？

秋子　はい……

恩田　あなたは、実にミスが多い。とうとう私としても、ある決断をせざるを得なくなりました。

秋子　（解雇なのかと覚悟して）はい……

恩田　ごめんなさい、もう明日からは……

秋子　はい……

恩田　本当に悪いんだけれども……

秋子　いえ……

恩田　精肉に変わってもらえませんか？

秋子　えっ……

恩田　小見君から、正式にやめたいと連絡が入りました。

秋子　じゃ、私が小見君の代わりに？

恩田　いかがでしょう？

秋子　でも私、精肉なんて……

恩田　簡単ですよ。肉は本社からパックされて届くんです。

秋子　でも小見君は、精肉室に閉じこもって、何かをしてらしたような……

恩田　それです、お願いしたいのは。

秋子　それ？

恩田　（顔を寄せて、甘く囁く）リパック……

秋子　リパック？

恩田　日付を変えて、パックをし直す。

秋子　それ、いけないんじゃ……

恩田　そうね、社会的にはいけないことになってるようです。だが、僕はあえて、正義はこっちにあると言いたい。これは、命を大切にする仕事です。牛や、豚や、ニワトリが捧げてくれた尊い命を……

秋子　できません、お断りします。
恩田　別に、腐った肉を売ろうってんじゃない。目で見、鼻で嗅ぎ、まだ充分食べられると判断したものを……
秋子　でも、それではお客様に嘘をつくことに……
恩田　樋野さんは、嘘をついたことないんですか？
秋子　……
恩田　さっきのおじいさん、ホントに自分で逃げましたか？
秋子　……
恩田　貫井さんの言ったことは本当ですか？
秋子　いえ……
恩田　いいんです。嘘をつくのは実に辛い。その辛さがわかる人に、この仕事をしてほしい。騙した方に、せめて失礼のないよう、心をこめて、細やかに……
秋子　できません、できません……
恩田　一日二日、日付がずれても、そう簡単には見抜けません。内部告発でもない限り……
秋子　そういう問題じゃありません。
恩田　特別手当も出るんですよ。

秋子　お金の問題じゃありません！
恩田　ざっと月に八万プラス。
秋子　……
恩田　今の樋野さんには、大きいんじゃないですか？
　と、上着のポケットからレジ袋にくるんだ包みを差し出す。
恩田　大トロです。今晩これでも食べながら、まあ、ゆっくりと考えて……
　と、秋子の前に包みを置いて立ち、店側ドアの方へ。
恩田　あ、その日付は本物ですよ。本日入荷、念のため。（去る）
　秋子、袋から大トロを出して見る。ゴクリと唾を飲む。
　店側ドアから、せかせかと師岡が入る。

師岡　ジイサンの万引きしたやつって、これ？（と、万引き商品の方へ）

秋子　はい……

師岡　あれぇ、ここには大トロねえなあ……

秋子　大トロ……

師岡　大トロが一個消えたんだよ。さっきまで売場にあったんだけど。

秋子、咄嗟に大トロを抱え込む。

師岡　しゃ〜ねえなぁ。誰か別の万引きか……（と、去る）

大トロを抱え込んだまま、動けない秋子。

4

数日後の朝。「夏の扉」のカラオケが流れる。

フレッシュかねだのテーマソング（「夏の扉」の替え歌）が、恩田のボーカル、貫井、秋子、窪寺のコーラスで歌われる。

春日、竹内、師岡、星、新島、小笠原は座って聞いている。

恩田　レシート切った私に
コーラス　ルル、ルル……
恩田　違う店みたいと
コーラス　ウソ、ウソ……
恩田　あなたは少し照れたよう
コーラス　ルル、ルル……

恩田　ポイント数えてく
コーラス　ポイント　二倍二倍！
恩田　また来るねとほんとは
コーラス　ルル、ルル……
恩田　言って欲しかった
コーラス　ソウ、ソウ……
恩田　あなたはいつも激安の
コーラス　あ〜
恩田　チラシの向こうね
コーラス　ハイハイハイ……
恩田　フレッシュ！　フレッシュ！　フレッシュ！
コーラス　かねだ！
恩田　店の扉を開けて
コーラス　ＧＯ！
恩田　いい物選んで連れていって
全員　フレッシュ！　フレッシュ！　フレッシュ！

全員　かねだ！
恩田　店は扉を開けて
コーラス　ＧＯ！
恩田　お得な笑顔包んでくれる
コーラス　ウ〜イャッホー！

茫然と聞く春日たち。
歌い終わり、窪寺がカラオケを止める。

恩田　ってなことで、まだ一番しかできてないんですが、これをフレッシュかねだのテーマソングとして、お目もじセールで流したいわけです。
春日　店長……
恩田　はい？
春日　正気ですか？
恩田　もちろん。もう録音の手はずも整えておりまして……
星　録音！

恩田　ええ、できればみんなで歌いたいと……

春日　（立ち）ちょっと、こういうの、やる気ある人いる？

と、座っている面々の顔を見渡す。反応なし。

春日　と、いうことですが、店長。

恩田　星さん、どうでしょう。あなたにはボーカルを担当していただきたいんですが……

星　えっ！

師岡　汚えぞ、そういう引き抜きは！

恩田　だって、もったいないじゃありませんか。せっかくカラオケで鍛えていらっしゃるのに……

春日　乗るなよ、星。

星　そんなの、言われなくったって……

恩田　ですが、今やスーパーマーケットがテーマソングを持つのは普通のことになってますよ。ウチの対応なんか遅いぐらいで。

新島　恥ですよぉ、こんなのただの替え歌じゃないですか。

貫井　私のリサーチによりますと、一般的な曲をオーディオシステムで流すより、ここまでやるかというような曲をCDプレイヤーで流す方が、お客様の購買行動に影響するという数字が出ました。

師岡　品出し！　またお前の入れ知恵か！

恩田　それが、実に綿密な調査でして、私もようやく決意した次第です。今回はお肉と惣菜の試食タイムも目玉となりますが、その際にはこんな替え歌もありますんで、ま、ちょっと聞いてください。じゃ……（と、秋子、貫井を促す）

秋子と貫井、試食タイムの歌（「ヨーデル食べ放題」の替え歌）を歌う。

貫井　焼き肉、試食で食べ放題　食べ放題ヨロレイヒ

秋子　牛豚鶏肉焼き放題　食べ放題ウヨレイヒ

貫井　レバ、バラ、レバ、バラ、レバ、バラ、ロースも食べ放題

秋子　産直、新鮮、国産、安心、ひと口いかが

貫井　食べなきゃソンソン、食べてトクトク、お買い得

秋子　晩ご飯はこれで決まり～

恩田　はい、結構でした。（と、拍手）
星　これ、この二人が歌うんですか？
恩田　ええ、お肉の試食タイムの際に、このお二人が歌いながら、お皿を持って回るんです。
春日　勘弁してよぉ……
新島　死にますよね、普通……
師岡　俺はすでに死なせてもらうわ……（と、ソファーに移動、寝転がる）
恩田　じゃ、追い撃ちをかけるようですが、くぼんでらさん！
星　くぼんでらも歌うの！
恩田　ええ、惣菜の試食タイムでね。
窪寺　すいません、皆さん、すいません……
恩田　歌ってから謝って、ハイ！

窪寺、頼りなげに、豆腐グラタンの歌（「おさかな天国」の替え歌）を歌う。

窪寺　豆腐、豆腐グラタン、豆腐を食べると～
豆腐、豆腐グラタン、身体がよくなる～

師岡　これ、魚の歌だろが！
恩田　どうもいいのが出ませんで、アイデア、さらに募集中です。
星　だって、くぼんでらが歌うんじゃ……
窪寺　ぜひぜひ、星さんにお譲りします。
恩田　コラ、星さんにはテーマソングのボーカルを……
春日　どっちが歌うとかじゃないでしょう！　このフレッシュかねだで、こんな赤っ恥をやっていいのかってことよ！
新島　帰りますよ、客がみんな！
恩田　帰るでしょうか、小笠原さん？
小笠原　え……
恩田　よぉく考えてみてください。あなただったら帰りますか？
小笠原　どうなんだか……
恩田　竹内君、どう？
竹内　悲惨じゃないスか、とにかく……
恩田　悲惨で、それから？
春日　帰るんですよ、だから！

恩田　帰って、それから？
新島　赤っ恥だって、言いますよ！
恩田　そしたら？
師岡　決まってんじゃねえか。そういう噂が広がって……
貫井　それを見に来る人が出ます。
恩田　ね？　最悪の場合でも、こういう展開になるだろうと……
貫井　シミュレーションを重ねたわけです。
師岡　じゃ、名前変えろよ！　お目もじじゃなくって、赤っ恥セールによ！
貫井　あ、それいいかもしれませんね、新店長赤っ恥セール！
恩田　採用！　いいですねえ、こうやってみんなでアイデアを出し合って……
春日　やめよう、これ、話になんない！　店長、とにかく、私たちは協力できません。もしそれでも赤っ恥セールをやるんだったら、私はその日は休みます。
新島　私も休ませていただきます！
星　じゃ、私も……
師岡　その日は魚もいねえだろうなぁ。
恩田　竹内君、あなたもその日はお休みですか？

竹内　それよか、こいだけ休んだら、セールできないんじゃないんスか？
恩田　なるほど。じゃ、小笠原さんは？
小笠原　どうなんだか……
恩田　二十年間、無遅刻無欠席のチェッカーが、とうとう、ついに休みますか？
春日　ひどいよねぇ、こんな形で小笠原伝説を崩すとは……
恩田　だから、小笠原さん、来てくだささい。伝説を守りましょう。
小笠原　でも、どうなんだか……
貫井　小笠原さんは、歌わなくてもいいですよ。ねえ店長？
恩田　ええ、もういてくださるだけで……
春日　ちょい待ち！　変なシャッポは被るんでしょ？
新島　そうだよ、小笠原さんは、玉葱のシャッポだったっけ？
星　駄目だよ、ンなモン、黙って被っちゃ！
師岡　だいたいよ、シャッポの段階で、こっちはもうできねえって言ってんだ！
春日　見せ物小屋じゃないんだよ！　いいオッサン、オバハンが、牛だの豚だの魚だのと……
恩田　私はね、店員一人一人の顔が見える店を目指したい。全員がアイドルとなり、あの人に会いたいとまた店の扉を開けるような……

貫井　もはや、一円二円の価格差で他店と競合できる時代ではありません。いかに店の個性を打ち出し、いかに地域との密着をはかるか……

恩田　もちろん、激安セールとして面目も充分に果たすつもりです。その上で、シャッポや歌の、よりフレンドリーな雰囲気づくりを……

春日　やる人、いる！

　　　と、座った面々を再び見渡す。無反応。

春日　店長、これがファイナルアンサーです。

恩田　小笠原さん、あなたはこの店に二十年もいらっしゃる。

小笠原　二十一年……

恩田　そうやって、細かく訂正なさるからには、その一年一年が大切だったわけでしょう？でも、店の側から考えて、あなたは本当に大切な人だったと言えるでしょうか？

春日　何言うのよ、新米が！

新島　小笠原さんほど店のためにつくした人はいませんよ！

恩田　（小笠原に）ではなぜ、現状を打開しようと思わない？　この店が潰れたら、みんなも共倒れになるんだと、なぜみんなに呼びかけない？
竹内　（窓から見て）店長、トラック着きましたけど……
師岡　さあ、無駄話はおしまいだ！
春日　そうそう、開店準備だよ！
恩田　明朝もこの件でミーティングを続けます。
貫井　それと、樋野さんが皆さんの頭のサイズを測りに回りますんで、ぜひご協力を。
新島　（秋子に）それ、シャッポ関連？
秋子　はい、お邪魔にならないように回りますので……
師岡　来るなよ、俺んとこ。

と、外へ。竹内、貫井も険悪な視線を交わし合いながら続く。窪寺は店側ドアへ去る。

春日　樋野さん、私もノーサンキュー！
新島　右に同じ！
星　以下同文！

と、春日たちも続こうとするが、

恩田　あ、小笠原さんは店長室まで来てださい。お聞きしたいことがあります。

小笠原　え……

春日、新島、星は立ち止まる。
秋子は、テーブルでシャッポ作りの作業を進めながら、それとなく見ている。

恩田　小笠原さんのレジのレシート、昨晩徹夜で点検しました。いくつか不審な点がありますので……

春日　不審とは？

恩田　最近、返品が多いですね。一旦お買い上げになった方が、その半分ほどを返品して、差額を受け取っていくケースが……

新島　そういうお客様、いますよぉ……

恩田　そりゃ、たまにはいらっしゃるでしょうが、なぜ小笠原さんのレジに集中するのか……

星　小笠原さんには馴染みのお客さんも多いから、買い過ぎちゃったとき、言いやすいんですよ。

春日　店長、何で小笠原さんのレジを点検したんです？

新島　タケちゃんだって、点検の必要がないって言うぐらい、小笠原さんのレジは保証つきですよ。

恩田　でもこの間、割引きミスがあったでしょう。

新島　あれは、フォローに入った樋野さんのミスです！

小笠原　それ、どうなんだか……

恩田　私も気になりましたんで、少し調べてみたわけです。割引きミスは、あれ以来ないようですが……

星　樋野さんのフォローがなくなったからよ！

恩田　ですが、あの日を境に、今度は返品が増えている。

春日　だから、それは……

恩田　小笠原さん、すでに遠い記憶かもしれませんが、私はあなたが星さんのタイムカードを押す姿を何度か目撃しています。以後、私は毎朝、タイムカードの横に張りつき、星さんの遅刻は正しく記録されるようになりました。ですから、これについてはもういい。私が聞きたいのは、小笠原さん、あなたには、果たしてこの店への、本当の愛があるのかと。

新島　ありますよ！　休憩時間も休まずに、二十年間トイレにも行かず……

恩田　小笠原さんに聞いています。答えてください、伝説のチェッカー。

小笠原　それは、どうなんだか……

恩田　どうなんだか、どうなんだか！　あなたはいつもそればっかりだ。そうやって、ただぼやかして切り抜けるのが小笠原流なんですか？　あなたはただ、この作法によって生き延びてきただけなんじゃないですか？

春日　店長、みっともないですよ！　赤っ恥セールに協力しないからって、小笠原さんに当たるのは！

恩田　とにかく、ご本人にもう一度レシートを確認していただきたい。店長室で待ってます。

と、店側ドアへ去る。

春日　新島、小笠原さんについてきな。

新島　はい。

小笠原　あの、それはどうなんだか……

星　その方がいいって。新島についててもらう方が。
新島　じゃ、いざとなったら、援護射撃をお願いします。
春日　おう……
星　さ、小笠原さん……

小笠原、戸惑いながら、新島に連れられていく。
秋子に向き直る春日と星。だんだんと近づき、取り囲む。

春日　奥様、これどういうことよ。
秋子　え？
星　店長に、小笠原を調べてくれろと言ったとか？
秋子　いえ、私は……
春日　割引きミスは自分だろ！
星　よくチクれるよ、自分が一番汚いくせに！
秋子　あの、よく意味が……
春日　何で突然精肉になった？

星　精肉室で何やってんだよ？

春日　人に言えないことをして、特別手当が欲しいってか？

春日、秋子の型紙や布を奪い、床に投げ捨てる。

春日　シャッポなんかいらねえよ！　その汚ねえ手で作ったシャッポなんか！

春日、星、もう一度睨みをきかせると、店側ドアから去る。
秋子、落とされた物を拾いかけるが、ふと床に膝をつく。
情けなさがこみ上げて、顔を覆う。
外ドアが開き、小見が現れる。
秋子、あわてて立ち上がる。

秋子　あら……

小見　（ぼんやりと会釈して）……

秋子　お入りなさいよ。何か飲む？

小見　いえ……

秋子　いいじゃないの。私も一息入れようと思ってたとこ。

と、冷蔵庫へ。ジュースを出し、食器棚からコップを取る。

小見、ブラブラとテーブルに近づく。

秋子　下にトラック来てたでしょう？　誰かに会わなかった？

小見　特には……

秋子　何よぉ、声をかければいいのに。みんなきっと喜ぶよ。あれから小見クン、どうしてるだろって、みんな心配してるのよ。

と、小見の前にジュースを出し、自分も一口飲む。

秋子　ああ、おいしい！

小見　続いてたんスね……

秋子　私？

小見　偉いス……
秋子　あら、やだ、ちっとも偉かないのに……
小見　……
秋子　で、今日は、どしたの？
小見　……
秋子　お散歩かな？
小見　親が……
秋子　え？
小見　うるさいス……
秋子　どうして？
小見　ここ、やめたんで……
秋子　ああ……
小見　でも……
秋子　何？
小見　考えて、やめたんで……
秋子　ウン……

小見　さぼったとかじゃなくて……
秋子　そうよねえ……
小見　親は、わかってくれないス……
秋子　小見クン、ちゃんと説明した？
小見　（首を振り）……
秋子　じゃあ、説明すれば？　そしたら、きっと……
小見　言えないス……
秋子　……
小見　何してたかなんて、誰にも……
秋子　そうか……
小見　知ってます？
秋子　え、何を？
小見　俺が、やってたこと……
秋子　あの、精肉でしょ？
小見　リパック……
秋子　へえ……

小見　日付、何日も誤魔化して……

秋子　まあ……

小見　新しいのに、古いの混ぜて……

秋子　あらぁ……

小見　国産に、輸入も混ぜたし……

秋子　う〜ん……

小見　そいでも駄目だと挽肉にして……

秋子　うわぁ……

小見　もっとヤバイと、味付けにして……

秋子　小見クン……

小見　グラムも嘘です。ここの二百は百二十グラム……

秋子　小見クン、もういいよ……

小見　この手から、腐った肉の匂いがする。洗っても、洗っても、ヌルヌル、ネバネバ、血の滲んだ、肉汁が……

秋子　小見クン、大丈夫よ、小見クンはもうやめたんだから……

小見　こんな汚いことやって、毎月、特別手当を十万も……

秋子　十万！
小見　はい……
秋子　八万じゃなくて？
小見　八万？
秋子　いえ、そう、小見クン、十万も……
小見　汚いスよね……
秋子　小見クンが悪いんじゃないわよ。言われて、しょうがなくてやったことじゃない。それに、それに、世界には、飢えてる人がたくさんいるのよ。一日二日、日付がズレたって、その基準だって、飢えてる人から見たら、そんなの、それだって贅沢よ。そうよ、私たちは贅沢過ぎるの……
小見　ホントにそう思います？
秋子　思うわよ！　小見クン、自分を責めちゃ駄目。小見クンは何にも汚くありません。
小見　樋野さんて、そういう人だと思わなかった……
秋子　あら、私だってわかるわ、それぐらい……
小見　（かすかに微笑む）……
秋子　どう、少し元気出た？

小見　来て、よかったス……
秋子　そうよ、その調子！
小見　精肉は今、誰がやってんスか？
秋子　え〜……
小見　新しい人、入ったんスか？
秋子　いいえ、精肉は店長が……
小見　店長？
秋子　うん……
小見　じゃ、俺、戻れるかなぁ。
秋子　えっ……
小見　店長がやってんじゃ、大変スよね？
秋子　あの、小見クン……
小見　俺、戻ります。親も安心すると思うし……
秋子　だって小見クン、リパック、イヤでしょ？
小見　ほかのバイト、できないんス。どこでも、のろい、のろいって言われて。このままだと、
　また引きこもっちゃうし、迷ったんスけど、今、樋野さんの話聞いて、吹っ切れたって

いうか……

店側ドアから貫井が入る。

貫井　あれ、珍しいのが来てんじゃん。
小見　貫井さん、俺、戻ります。
貫井　戻るって？
小見　また精肉、やらしてもらいます。
貫井　いいの、樋野さん？
秋子　あの……
貫井　聞いたでしょ、精肉、樋野さんに代わったって。
小見　え、店長じゃないんスか？
秋子　ごめんなさい。なかなか言い出すチャンスが……

小見、立ち上がり、ノロノロと外ドアに向かう。

秋子　小見クン、私、代わってもいいわ……
小見　嘘つき……

小見、出ていく。

貫井　アイツ、戻りたくて来たの？
秋子　そうみたい。そこに嘘つきの私がいてね……
貫井　しゃあねえわな、そんなのは……

と、事務机へ。ノートパソコンを開き、発注表に記入を始める。

秋子　私、たぶん、凄い役割果たしたね。今後の小見クンの人生に。
貫井　何で？
秋子　人間不信の決定打になったとか……また引きこもるんじゃないかなぁ……
貫井　救ってやったと考えなさいよ。人に言えないお仕事から。
秋子　私ってワル！　小見クンがあんなに悩んだお仕事を平然とやってのけてる……

貫井　そういう場合はこう考える。これは、ありふれたお仕事だ。どこでも、誰でも、多かれ少なかれ……
秋子　貫井さん、ヨーデルハイムで何やってたの？
貫井　何よ、突然……
秋子　ずいぶん、不正に慣れてらっしゃるようだから……
貫井　へえ、お宅のダンナはクリーンですか、クリスタルゴルフじゃそうだろなぁ。
秋子　じゃ、汚いオバサン、やめますので……（と、ロッカーへ向かう）
貫井　また芝居がかって……
秋子　芝居じゃないわよ！　ホントに辛い、ホントに苦しい、ホントにホントにやめたいんだから！
貫井　わかってる、わかってるって……
秋子　信じられない、昔の私はどこへ行ったの？　もうこれじゃや、ウチの子が嘘ついたって、泥棒になったって、私は嘆く資格もないのよ！
貫井　だから、変えるよ、変えるようにするんだよ！　その方法はただ一つ、肉の回転を良くすることだ。そうしたら、本当に新鮮な肉が売れる。今度のセール、成功させよう！
秋子　ヤダッ、あんな歌！　ヤダッ、豚のシャッポなんか被れない！

貫井　じゃ、豚は俺が被る。秋子ちゃんは牛にしなさい。
秋子　シャッポなんて作れない！　誰も被らないって言ってるのに、作ったって無駄でしょう！
貫井　俺の努力も認めてくれよ。あと一押しで、ドタドタっと変わるから……
秋子　何が！　どこが！
貫井　小笠原さん、さっき店長に呼ばれたろ、返品が多いって。あれ、俺が徹夜のチェックで見つけたんだ。あの返品は、たぶん春日たちがやっている。大っぴらなチョロマカシはやりにくくなったんで、一応レジで金は払う。で、後でこっそり返品扱いにして、金だけ返してもらうんだ。
秋子　でも、なぜ小笠原さんのレジで……
貫井　あのレジは信用が高いから、竹内もレシートチェックまではやってない。もし、チェックされたって、怪しまれるのは小笠原さんになるわけで……
秋子　でも、春日さんたち、お客の返品だって言い張ってたわよ。新島さんもついてってたし……
貫井　そんなの承知の上ですよ。
秋子　だいたい、店長にだって、追究する資格あるのかしら。こないだの大トロ、怪しいよぉ……

貫井　でも結局食べたんでしょ。

秋子　だって、返せなくなっちゃって。ああ、思えばあれが運命の……

貫井　堪《こら》えろよ、月に八万プラスだよ。

秋子　そうだわ、小見クン、十万だって！

貫井　リパック手当？

秋子　私は二万も下げられてんのよ！

貫井　やるなぁ、店長……

秋子　あんな店長、信用できない！　この店のどこ探しても、正義なんてありゃしない……

貫井　いいんですよ、とりあえず、みんながシャッポさえ被ってくれりゃあ……

秋子　被るわけないじゃない！

貫井　いやあ、被るね、被るだろう。

秋子　ずいぶん確信ありげなのね。

貫井　まあ、お楽しみに……（と、また書類に向かう）

秋子　……貫井さん、本当に楽しそう。

貫井　楽しいよ、樋野さんと悩むの……

秋子　え？

貫井　高校んとき、女の子と交換日記やったんだ。受験の悩みなんか書いちゃってさ。世の中はこのままでいいのかなんてことも書いた。あれ、よかったなぁ。荒れてる海に小舟浮かべて、二人で必死に漕いでくみたいな……そんなの、ちょっと思い出してね。

秋子　変なの……

貫井　俺、女と悩むの、好きなんだな……

店側ドアから小笠原が入る。

貫井　（秋子に）さてと、じゃ、お作業進めてくださいよ。

と、店の方へ去る。

小笠原、気の抜けたような表情でテーブルの方へ。秋子に背を向けて座る。

秋子　お話、終わったんですか？

小笠原　いえ、まだ……

秋子　まだ？

小笠原　途中で春日さんが乗り込んできてね、私はもういいって言われて……

秋子　じゃ、今は春日さんが店長と？

小笠原　ええ、新島さんも一緒だけど……

秋子　開店、間に合うのかしら。（と、行こうとする）

小笠原　樋野さん……

秋子　はい？

小笠原　この間のこと、ごめんなさいね。レジのお勘定合わなかったの、あれ、私のせいだから。

秋子　いいえ、私のミスかもしれないし……

小笠原　ううん、あの日は私、落ち着かなくて。ウチのが具合悪かったから……

秋子　その後、御主人、いかがです？

小笠原　ああ、入院することになって……

秋子　お悪いの？

小笠原　そうでもないけど、どうなんだか……

秋子　大変ですねえ……

小笠原　あの日、春日さんたち、気づいてたのよ。私が割引きの金額を間違えてるって。それで、樋野さんをフォローに入れたの。樋野さんのせいにしようとして……

秋子　え……

小笠原　私、知ってたのに黙ってた。だから、両方、ごめんなさい。

秋子　あの、そんなの、いいですから……

小笠原　あの日は変な日……ここで八百久さんに会った。

と、窓の方へ。外を見る。

小笠原　私、また知らん顔をして……怒ってたでしょ、八百久さん？

秋子　いいえ、別に……

小笠原　いい八百屋さんだった。ほら、あそこ、あの牛丼屋のビルのとこに、あの人の店があったの。

秋子　ああ、そう言ってらっしゃいました……

小笠原　私、どうして知らん顔をしたんだか！　あんなに毎日通ったのに。あんなにオマケもつけてもらって……

秋子　そういうことって、ありますよ。ああいうとき、咄嗟《とっさ》には……

小笠原　「何やってるのよ、八百久さん！」って怒ってあげればよかったかもね。その方が、あの人、気が楽になったかも。そうよ、そして、店長にとりなしてあげたなら……

秋子　……

小笠原　いいえ、そんなこと、できやしない。私は小笠原流なんだもの。

店側ドアから新島、メモ用紙を持ってくる。

新島　小笠原さん、もう大丈夫です。春日さんが頑張って、店長も納得してくれました。

小笠原　え……

新島　ただその、以後お客さんの返品には、あまり応じないようにして欲しいとのことです。

小笠原　そう……

新島　樋野さん、これ、私たちの頭のサイズ。タケちゃん、モロさんも入ってます。シャッポよろしくお願いします。（と、メモ用紙を差し出す）

秋子　（受け取り）いいんですか？

新島　うん、この際協力するかってことになって。あ、小笠原さんもいいよねえ？

小笠原　……

新島　小笠原さん、ここはやっぱ、やるしかないよ。店長と対立ばっかしててもさ……

小笠原　（頷いて）……

新島　（秋子に）じゃ、後は小笠原さんだけ測ればいいから。

と、店の方へ去る。

秋子　小笠原さん、返品は春日さんたちがやったんでしょう？　小笠原さんは頼まれて、断れなかったんじゃないですか？

小笠原　どうなんだか……ああ、もう、どうなんだかなんて言いたくない。これで言い納めにしますから……

と、エプロンを脱ぐ。

秋子　小笠原さん……

小笠原　店長の言う通りかもしれない。本当にこの店が大切だったら、ほかに言うこと、あったでしょうね。でも、言うなんてこと、大変だもの。言ったら、何かが起きるんだもの。そしたら、私はどうすればいい？　何かが起こってしまったら？　私には、どうする力もないんだもの。だから、言わずに、店に尽くして、いや、尽くしたのか、尽くしてないのか、言わないから、かえって何かが起きるのか、それももうどうなんだか……ごめんなさい、なかなか言い納めにならないわね。

小笠原、ロッカーを開けて、手提げを取り出す。

秋子　帰るんですか？

小笠原　どうなんだか……

秋子　だって、帰ろうとしてますよ。

小笠原　このままいても、どうなんだか……

秋子　まさか、やめるおつもりじゃ……

小笠原　ああ、どうなんだか……

秋子　小笠原さん、今日からがホントのスタートじゃないですか？　やり残してきたことを、今度こそ……

小笠原　そうだわ、最後にトイレで思いっきり……

秋子　え……

小笠原　私のやり残したことなんて、オシッコぐらいのもんですよ。

小笠原、決然とトイレに向かう。
開店の音楽、恩田のアナウンス。

恩田の声　開店しました。開店しました。今日も一日、明るく愉快に働きましょう。

小笠原、トイレに消える。
見送る秋子。

5

一週間後の午後。
新島が手紙を読み上げている。師岡、星が聞いている。
それぞれの椅子の背には、脱いだハッピがかけられている。
フレッシュかねだのテーマソングが遠く流れる。

新島　さて、このように、私たちは恩田店長の横暴な振る舞いに日々苦しんできたわけですが、このたびの「新店長赤っ恥セール」によって、その我慢も限界に達しました。下手な歌は聞きたくない、馬鹿なシャッポは見たくないとお客様の非難が相次ぎ、来客数は通常の激安セールを大幅に下回る結果となったのです。フレッシュかねだは地元の笑いものとなり、私たち従業員も心に深い傷を負いました。今や従業員一同の願いは恩田店長の解任にあると言っても過言ではありません。そして、新たな店長の選任については、ぜひ私どもの声にも耳をお貸しくださいますよう、願わずにはいられません……

トイレから、春日が出てくる。

新島　誠にぶしつけながら、止むに止まれぬ思いでおたよりいたしました。ぜひご一考いただきたく、お願い申し上げます。

春日　……どうだい、格調高いんでないかい？

星　もうちょっと切実感欲しいなぁ……

春日　品位が大切だよ、こういうのって。抑えた感じがどっかにないと……

師岡　俺は貫井のことも入れたいねえ……

春日　悩んだんだけどさ、まずは店長一本で行こうよ。

新島　そうですよね。まずはターゲットを絞って……

星　でもこれ、ホントに「赤っ恥セール」が終わってから書きなよ。まだ今日が初日だってのに……

春日　心がせくのよ。トイレであのハンカチ見るたびに……

新島　ああ、私も……

春日　小笠原さん、何でトイレのパイプにハンカチ巻きつけて行ったのか？
新島　しかも、綺麗な蝶々結びで……
星　最初で最後のオシッコ記念か……
春日　と言うより、マーキングでないのかね？　犬みたいにさ……
星　自分の縄張りってこと？
春日　いずれは戻る気あるんでないの？　あの人、とたんに生活キツイよ。ダンナの年金少ないもん。
新島　あの歳じゃ、ほかの仕事ってもねえ……
春日　だからして、君たちよ、どうかあの店長を……って、あのハンカチは、私たちへのエールだよ。
星　でも、セールが成功しちゃったら、この手紙使えなくなるよ。
師岡　成功はねえべ。あれだけ新聞折り込みやったのに、初日でこの出足じゃよ。
星　まだわかんないよぉ。ビラまき隊が出てんだし……
春日　（窓から下の人通りを見て）来るなよ、人々。そうだ、行け！
新島　（春日に）じゃ、この直訴状は私が預かっといて、後でタケちゃんにも見せますから……
春日　あっ……（と、何かを発見）

新島　え？
春日　小笠原さんだ。小笠原さんがこっちに来る！
星　どこどこ……

と、窓辺へ。新島も続く。

春日　ほら、そっち。（と、指差す）
星　ギョギョ、「赤っ恥セール」を見届けに来たか？
師岡　それは小笠原流じゃねえなぁ……
新島　でも、刻々と近づきますよぉ……
星　買い物カゴ持ってるしねえ……
春日　おっおっ、足を早めた。
星　早い、小笠原、ほぼ小走り状態だ！
新島　あっ、髪に手をやる、小笠原、髪の乱れを気にしている！
星　入る気か、入るための身だしなみか！
新島　だが、無表情、小笠原、表情は乱れず！

師岡　実況中継すんなよぉ……
春日　おっ……
新島　あっ……
星　うっ……

ここで三人、「あ〜」とため息。

新島　通過しましたぁ。小笠原、入店はならず！
春日　（ソファーの方へ）ああ、ちょっと疲れたよ……（と、寝転がる）
星　あれぇ、通過したら速度を緩めた。
新島　今度はトボトボ状態だ。
星　どこ行くんだろ？
師岡　ファミリーライクにでも行くんでねぇの……（と、窓辺へ）
新島　ファミリーライク……
師岡　テキさんのスーパーで買い物したるって……
新島　まさかぁ……

師岡　でも、やめてから、来ねえもん。どっかで買い物してるわけだろ？
新島　だけど、いくら何でもライバル店では……
師岡　あるんでねえの？　何らかの怒りの表明として……
新島　怒り？　店長への？
師岡　う〜ん、微妙ね。
星　もしかして、私たちとか……
新島　じゃ、あのハンカチの意味って……
春日　何言ってんだよ、私たちへのエールだよ！　だから、小笠原のためにも、赤っ恥セールを成功させちゃなんねんだよ！

店側ドアから、窪寺が入る。赤っ恥セールと染め抜いた真っ赤なハッピ、頭には豆腐のシャッポ。

窪寺　あのう、よろしかったら、皆さんそろそろお店の方へ……
師岡　だって、店は混んでねえべ。
窪寺　セールなんです、いていただかないと……

春日　豆腐に命令されてもなぁ……
星　くぼんでら、早く人間に戻りなよ。
窪寺　あのう、皆さん、シャッポは？
春日　ウン、さっきゴミ箱に捨てた。
窪寺　ゴミ箱へ！
師岡　被る気しねえもん。こんなパラパラの客入りじゃ……
新島　客の方が照れますよね。
窪寺　今、店長も貫井さんも樋野さんも、必死にビラをまいてます。この後の試食タイムでは、変わってくるかもしれません。
春日　変わるもんかい。恩田が店長失格だってことは、今日の客足が証明してるよ。これ、本社への直訴状、私ら必ず出すからね。
窪寺　待ってください！　まだ、失敗に終わったわけでは……
師岡　いい加減に目ぇ覚ませよ。これで恩田体制は壊滅だ。
春日　くぼんでらもよく身の振り方考えな。アンタも亭主に逃げられて、娘の将来だってあるんだしさ……
窪寺　だって、今更やめるわけには……お願いです、せめて、今日一日のご協力を！

師岡　一日とは長えなぁ……

窪寺　じゃ、せめて試食タイムが終わるまで……

春日　私らシャッポは被んないよ。

窪寺　はい、それはこの際……

新島　ハッピももはやキツイですよね。

窪寺　わかりました。じゃあ、ハッピも……

星　試食タイムの歌もやめて。

窪寺　えっ……

星　あれ歌うんなら、私らここに戻るから。

窪寺　なら、豆腐の歌は歌いません。でも焼き肉ヨーデルは……

春日　全力で阻止するんだよ！

星　ついでにテーマソングもね。恩田のボーカル、許せない！

窪寺　星さん、歌えばよかったのに……

星　誰が歌うか、けったくそ悪い！

新島　あれも片づけ、お願いします。入り口の恩田ちゃんの切り抜きパネル。

窪寺　そんなこと、できるかどうか……

春日　ほな、行きまひょか。ここは豆腐の顔も立てて……

春日、師岡、星、新島、店の方へ。

師岡　くぼんでら、本社への直訴状には、お前のハンコも欲しいんだ。またこっちに戻って来いや……

と、窪寺の肩を叩いて去る。窪寺、テーブルに伏して泣く。
外側ドアから恩田が入る。ニワトリのシャッポにハッピ姿。「新店長　恩田俊夫」「恥知らずの大ご奉仕！」と前後に書かれたタスキをかけている。
ハッピは汗でぐっしょり濡れ、疲れ切った表情。配り残しのチラシを持っている。

恩田　何寝てる！
窪寺　いえ、寝てたんじゃ……
恩田　俺がどれだけ歩いたと思ってんだ！　この炎天下に、こんなモン着て、こんなモン被って、俺がどれだけチラシを撒いたか！

窪寺　はい、はい……
恩田　麦茶、大盛り！
窪寺　はい！（と、冷蔵庫へ）

恩田、ソファーに倒れ込み、苦しげにあえぐ。

恩田　どう、入りはあれから……
窪寺　店、覗かなかったんですか？
恩田　聞いてるんだよ、どうなんだ！
窪寺　まあ、チラホラと……
恩田　チラホラ？　まだチラホラなの？
窪寺　ええ……
恩田　ああ、まだチラホラだとは！　ああ、人間はいったい、どこにいるんだ！
窪寺　店長、麦茶を……

と、コップの麦茶を恩田に渡す。ガブ飲みする恩田。

それを見るうち、またしゃくり上げる窪寺。

恩田　泣くな！
窪寺　すいません……
恩田　あれ……

と、皆の脱いだハッピの方へ。

恩田　四つもあるぞ、誰と誰！
窪寺　春日、師岡、星、新島……
恩田　何で何で、ここにある！
窪寺　客入りが悪いんで、やる気がなくなったんだそうです。店長がビラまきに出たとたん、もうここでお喋りを始めて……
恩田　えっ、店にいなかったのか！
窪寺　はい……
恩田　なぜすぐ止めない！

窪寺　止めたって、止まらなくって……

恩田　じゃ、レジは！

窪寺　タケちゃんが代わりに入って……

恩田　何だって！　じゃ、竹内はビラまきに出てないのか！

窪寺　あの四人組がサボったため、タケちゃんは出るに出られず……

恩田　じゃ、あいつら、ビラまきを妨害しようと……

窪寺　たぶん、だと思います……

恩田　で、どこ、四人組は？

窪寺　私の説得で、今は店に……

恩田　やる気になってくれたのか？

窪寺　やる気と言っても……

恩田　そうだよ、ハッピを着てないんじゃ……

窪寺　ええ、それで、シャッポの方も……

恩田　シャッポ、どうした！

窪寺　ゴミ箱の中だそうで……

恩田　中だそうで……

と、ゴミ箱に走る。

恩田　（覗き）あっ……お前、よくもこれをこのまんま……

窪寺　恐くって、見に行けなくて……

恩田　ああ、何てことだ！　しかも燃えないゴミの方へ……

と、取り出す。大根、魚、人参、玉葱のシャッポ。

窪寺　歌も歌わせないって言うんです。テーマソングも流すなと。

恩田　あいつら計画的だったんじゃないか？　やる気にみせといて、当日裏切る。決定的な打撃を与える……

窪寺　それだけじゃないんです。本社への直訴状も……

恩田　直訴状？

窪寺　もう書いてあったみたい。店長は、店長失格だとか言って……

恩田　ハハ、そんなモン、ハハ、本社が俺のクビを切るとでも……

窪寺　でも、前の店長は……
恩田　貫井は！
窪寺　まだ戻りません。
恩田　樋野は！
窪寺　まだ戻りません。
恩田　あいつら、どこをウロついてんだ！

恩田の携帯電話が鳴る。着信音は「夏の扉」。

恩田　はい、恩田……え？　いや、もう戻って上にいる。あ、タケちゃん、こっちに来てくれよ！（と、切る）
窪寺　タケちゃん呼んでどうするんです？
恩田　呼ぶんだ、とにかく、何かしなきゃ……（と、落ち着きなく歩き回る）
窪寺　店長、ここを乗り切るには、すべてをやめるしかなさそうです。普通の激安セールに戻すしか……
恩田　駄目だ、いかに恥知らずかと、もうチラシに書いてあるんだ！

窪寺　でも、普通に戻せば、あの人たちもこれ以上の反抗は……

恩田　それが奴らの作戦だ。チラシを見て来た客の期待を裏切り、俺の信用を失わせようと……

窪寺　でも、客はまだチラホラですから……

恩田　チラホラだから、恥をかかなきゃ、あきれてもらって、噂を広げて……

店側ドアから竹内が入る。ハッピなし、シャッポもなし。

恩田　あれ、タケちゃん、ハッピとシャッポは？

竹内　さっきまでつけてたんスけど、春日さんたち、みんなとっちゃったんで、一人だけだと、おかしいかなって……

窪寺　やだぁ、私もとりたい！

恩田　とったら許さん！

窪寺　店長もとりましょう。店長も早く人間に戻って……

恩田　うるさい、豆腐、早く行け！

窪寺　あんまりです、私がこれまでどんな思いで……

恩田　（窪寺の手を握り）わかってる、わかってる、ただ、もっとわかれたら尚嬉しい……

竹内　（いらつき）店長、用は何スか？

恩田　はい、今。くぼんでら、頑張ってくれ、僕もすぐ君に続く。

窪寺　早く来て、こんな恰好、一人でどこまで耐えられるか……

と、去る。恩田、くるりと竹内に向き直り、

恩田　タケちゃん、正社員になる気ない？

竹内　えっ……

恩田　株式会社、フレッシュかねだの正社員。

竹内　何スか、急に……

恩田　僕は君に、究極の取り引きをしようと言うのよ。

竹内　……

恩田　頼む、みんなに協力するように、タケちゃんから頼んでくれよ。そうしたら、僕は君を本社に推薦して、正社員にしてもらう。

竹内　俺、現場がいいスよ。本社なんか、学歴ないと……

恩田　だから、正社員で、現場にいる人になればいい。
竹内　それ……
恩田　そう、店長だよ。この店の店長だ。
竹内　じゃ、店長はどうなるんスか？
恩田　僕は本社に戻りたい。もうこんな店には、恐ろしくていられない。だけど、失敗して戻るんじゃ、ね、失敗して戻されるんじゃ、甚だ都合が悪いのよ。今回の赤っ恥セールは、やっと本社の了解を得たんだ。本社はたぶん、視察を入れる。誰かがこっそり見に来るんだよ。そのときに、こんな指導力のない姿を見られたら、俺はもうオシマイだ。せめて、店員が一丸となって頑張っている姿を見せなけりゃ……タケちゃん、俺は二人の子持ちだ。タケちゃんも、その若さでもうパパなんだ。いい取り引きをしようじゃないか。
竹内　だけど、バイトから正社員になった人っているんスか？
恩田　そこを何とかクリアしよう。今回のセールを成功させ、栄光を背負った僕が、「この成功はタケちゃんのお陰です。タケちゃんが、プランを出してくれたんです」って、本社に推薦状を書くんだよ。何なら、出向いて訴えてもいい。
竹内　そんなの、貫井が黙っちゃいないしょ。
恩田　貫井はクビだ！　俺をこんな目にあわせやがって！　あんな落ちこぼれの言うこと聞い

て、こんなとこまで来ちまった……

竹内　……店長、マジスか？

恩田　え？

竹内　貫井をクビにするっての……

恩田　揺るぎません。僕はタケちゃんを選びます。

竹内　最低だな……

恩田　……

竹内　俺、貫井は大っ嫌いだけど、アンタはそれよりズンと落ちるわ。

恩田　いや、あの、タケちゃん……

竹内　今の話、聞かなかったことにします。（と、店に戻ろうとする）

恩田　（追いすがり）タケちゃん、言い方が悪かったんなら謝る。僕は個人的な感情でなく、ビジネスライクに言ったつもりだ。だって、これはビジネスなんだ。貫井は僕に捨てられたんじゃない。貫井はビジネスに捨てられたんだ。ビジネスに、利益に、成功に！

竹内　アンタはそうやって、いつかは俺も平気で裏切る。そんな危ねえ話に乗れるか！

恩田　タケちゃん、タケちゃん、タケちゃん、どうか……

と、竹内を追い越して店側ドアにへばりつき、行かせまいと立ちはだかる。

竹内 どけっ、ニワトリ！

恩田 イヤだ、どかない、頼むよ、頼む！

竹内 オラ、早く人間に戻れよ！

恩田 本社から誰か来る。こんな状態を見られたら……

竹内 見られちまいな、それしかねえよ！

竹内、恩田を振り切って去る。
シャッポをとり、そのまま泣く恩田。
外側ドアから秋子が戻る。ハッピに豚のシャッポ。
やはり大汗をかいている。

秋子 店長……

恩田 貫井はどうした……

秋子 まだ戻りません？

恩田　貫井を探せ！　貫井に責任をとらせるんだ！　俺はもう関係ない……
秋子　店長、どういうことなんです？

恩田、答えず、店の方へ去る。

秋子、周りを見渡す。脱ぎ捨てられた恩田のシャッポ、春日たちのハッピ、転がっているシャッポ。何が起きたのか想像しながら、拾って回る秋子。

不意に掃除道具入れから、貫井がよろけ出る。

赤いハッピに牛のシャッポ。汗だくで、うつろな目、荒い息。

秋子は思わず声をあげる。

貫井、握ったチラシをバサバサ落としながら、冷蔵庫に突進し、冷凍庫に首を突っ込む。

秋子　貫井さん……
貫井　ああ、ああ……
秋子　凄いことが起きたようね、できれば聞きたくないようなことが……
貫井　聞くなよ、俺も言いたくない……
秋子　聞かなくっちゃ、説明して……

貫井　ああ、何から、ああ、どこから……
秋子　まずは、なぜまたあそこに入ったのか……
貫井　知らない。気がついたら、入ってた……
秋子　嘘、原因があるでしょう。
貫井　知らない、そんな上等なもの……
秋子　このシャッポ、春日さんたちの。じゃ、ハッピもそうなのかしら？　四枚あるわ、あの四人？
貫井　知らないったら！
秋子　春日さんたちと何かあったの？
貫井　ないよ。あいつらは、俺が閉じこもってから来た。
秋子　じゃ、知ってるでしょ。何でここで脱いでったの？
貫井　そんなの、想像してちょうだいよ。
秋子　店長も普通じゃなかった。あれ、泣いてたのかも……

貫井、大きなクシャミをする。

秋子　汗拭いてから冷やしなさいよ。貫井さん、こっちへ来て……

と、冷蔵庫から貫井を引き剥がそうとする。

貫井　（冷蔵庫にしがみつき）いい、広い世界に出たくない……
秋子　ぐっしょりじゃない、乾かさないと……（と、シャッポやハッピを脱がそうとする）
貫井　やめろ、寒い……
秋子　だから離れなさいったら！
貫井　寒い、暑い、どっちなんだ……

貫井、真顔になってテーブルの方に移動する。ぐったり椅子に腰を下ろす。

秋子　大丈夫？　熱が出たんじゃないかしら？
貫井　ビラまいてたら、部下に会った……
秋子　え……
貫井　ヨーデルハイムで俺がかわいがってたヤツ……貫井部長！　やってますねえ。部長は凄いな、牛ですか？　部長、僕は感動しました。部長、握手してください。部長、お元気で。部長、さようなら……

秋子　そうか、外で部下に会ったか……

貫井　俺は明るく応対したよ。

秋子　それでいいのよ。その人、ホントに感動したのよ……

貫井　そうかもしれない。でも、それから急に調子が狂った。もう自分の声が自分のものとは思えない。フレッシュかねだでございます。新店長の赤っ恥セール、恥知らずの大ご奉仕です。牛肉ロースが食べ放題、試食タイムで食べ放題、焼き肉ヨーデル、ヨーデルハイム、本場松本アルプス建材、偽りのない家造り……だんだん、うわ言みたいになって、ここへ戻るしかなくなって、そして……

秋子　あの暗闇へ……

貫井　外でいろんな声がした。色んな声が通り過ぎて、やがて恩田の、あの声が……

秋子　店長、何て言ったの？

貫井　タケちゃん……究極の取り引きをしようと言うのよ。

秋子　究極の取り引き？

貫井　……

秋子　ねえ、タケちゃんとの取り引きって？
貫井　（笑い出し）ところが、竹内は断った。どけっ、ニワトリ！（と、また笑い）恩田はここで泣きやがった……（と、さらに笑う）
秋子　貫井さん、私には何が何だか……

店側ドアから恩田が入る。

恩田　（上機嫌で）おや貫井さん、お戻りでしたか。
貫井　……
恩田　樋野さん、さっきはごめんなさい。春日さんたちがごね出して、ちょっとシビアだったんだけど、今、無事解決しました。（ニワトリのシャッポを拾って被り）これだね、春日さんたちの……

と、秋子がまとめておいたシャッポを持つ。

秋子　店長、無事解決とは？

恩田　竹内君の説得で、またみんなやる気になってくれたんです。（と、春日たちのハッピも持つ）ってなことで、試食タイム、もうすぐだから、お二人さん、よろしくね。お客はまだパラパラだけど、勇気を持って、明日、明後日《あさって》に繋げましょう。スマイルですよ、泣きそうなときほど、スマイルです！

と、焼き肉ヨーデルを歌いながら去る。

貫井　竹内の説得で……ってことは、つまり……（と、外側ドアを開け、踊り場に出る）クソッ、竹内、呼び込みやってら……

貫井、戻ってシャッポとハッピを脱ぎ捨てる。

秋子　貫井さん……

貫井、窓の方へ。窓を開け、下を覗くと、恐る恐る窓枠に足をかける。

秋子　何してんの何してんの！

と、駆け寄り、引き戻そうとする。

貫井　放せ、行かせろ！　俺はもう、焼き肉ヨーデルなんか歌えない！

秋子　だからって、命を粗末に……

貫井　二階だ、死なない、脱出だ！

秋子　ずるいわ、私一人にやらせるつもり！

貫井　俺は見捨てられたんだ！　ビジネスに利益に成功に！

と、秋子をはねのけ、叫びながら飛び降りる。秋子の悲鳴。

6

三週間後の夕方。ステージ用のロングドレスを着た星が化粧をしている。フレッシュかねだのテーマソングを口ずさみ、時折、「あ〜」と喉の調子を整える。

店側ドアから春日、荒々しく入る。

春日 ここはどこ？　場末のキャバレー？

星 う〜ん、でもないいんじゃない……

春日 （星の手鏡をひったくり）おい、この裏切りはないだろう！　昨夜《ゆうべ》の誓いは何だったのよ？

星 返してよぉ、出番迫ってるんだから！

春日 あんたは昨夜、泣きながら誓ったよ！　春日さん、私らだけは正気でいようね。馬鹿な歌歌うのやめようねって！　それを、あんた、今朝からもう歌うつもりで、そのケバイ衣裳を持ってきたわけ？

星　平気で持ってきたんじゃないよ、ギリギリまで迷って……
春日　何で相談しないのよ！　何で今まで黙ってた！
星　いやさ、だからさ、あのあと、コワ～い電話があって……
春日　恩田の電話に屈服したの！
星　恩田からの電話じゃないよ。カラオケ大会、ぶっつぶれたの。人間関係いろいろあってさ……
春日　それ、もしかして、「地上の星」の奪い合い？
星　いいじゃん、何でも、鏡返して！
春日　よかないよ！　カラオケ大会、つぶれたからって、こっちで歌うこたないだろが！
星　だって、ステージ衣裳も作って、これ何万したと思う？
春日　まだチャンスはあるでしょう。駄目だよ、こんなことで転んじゃ！
星　歌心が騒いでねえ。どうにも抑えきれないんだわ……
春日　よぉく、よぉく、考えてみな。あんたがここで歌うのは、フレッシュかねだのテーマソングだ。地上の星じゃないんだよ。
星　ウン、私も何度か自分に言い聞かせたの。でも歌心がさ、いいじゃん、この際何でもって言うんだよぉ……

春日　頼むよぉ。抵抗勢力、私一人にしないでよぉ……
星　ごめんねぇ……ＣＤデビューの話もあって……
春日　それ、まさか……
星　恩田がさ、もしも私が歌うなら、ＣＤにして売ってもいいって……
春日　いいのか、替え歌ＣＤにして！
星　ううん、新しく作ってくれるって。作詞作曲、プロに頼んで。そしたら、歌心のヤツ、やってみなだなんて……
春日　他人事《ひとごと》みたいに言うんじゃないよ！
星　歌だけだってば！　後は恩田に従わないから、鏡返してちょうだいよぉ！

店側ドアから師岡が入る。魚のシャッポを被っている。

春日　シャッポとんな！　赤っ恥セールが終わってから、三週間もたつんだよ！
師岡　無理言うなよ、俺だってアセモ我慢して被ってんだ……（と、シャッポをとり、力なくソファーに寝転がる）
春日　みんな、おかしいよ。私、信じらんない……

星　もういい！　続きはトイレでやるから……

と、化粧ポーチと衣裳用のバッグを持ってトイレに去る。

春日、手鏡をテーブルに投げ出す。

師岡　春日よぉ、お前の気持ちもわかるけど、売り上げ倍増になったら、恩田は引っ込むって約束したんだ。それまでは協力するしかねえよ。

春日　どうしてわかんないの！　恩田はこのまま居座る気だよ。タケちゃんに店長なんて譲んないから……

師岡　そうなったら、また団結よ……

春日　そんときじゃもう遅いんだよ！

師岡　じゃ、どうしろってんだよ。赤っ恥セール、大成功しちゃったんだ。少しは恩田にも花持たせねえと……

春日　赤っ恥セールは、貫井が成功させたんだよ！

師岡　貫井じゃねえよ。アレは敵前逃亡だ。

春日　貫井の逃亡が受けたんだよ！　足挫いて、気絶して、救急車呼ぶ騒ぎになって、あれで人が集まったんだよ！

店側ドアから新島が入る。頭には人参のシャッポ。

新島　ああもう、レジ日報書く暇もない！（と、事務机へ。ノートパソコンを開く）

春日　シャッポとんな！

新島　春日さん、気持ちわかりますけど、売り上げが倍増になったら……

春日　どうしてそうコロッと騙されんのよ！　恩田がこのまま調子づいたら、何するかわかんないよ！　私らへの恨み、忘れてるはずないんだから。新人どんどん入れてるし、あんたらそのうち、首が飛ぶってことになるかも……

新島　だから春日さんも、気をつけた方がいいですよ。早く売り上げ倍にして、あの店長、追い出さないと……

春日　ならないって！　このままじゃ、絶対そんなふうには……

電話が鳴る。春日が出る。

春日　はい、もしもし、もしもし？（乱暴に切る）

新島　切れちゃったの？

春日　切ったの、何にも言わないから！

新島　春日さん、怒った感じで出るんだもん。試食タイムの問い合わせかもしれないですよ。

春日　知るか、そんなの……

店側ドアから竹内が入る。頭には、バナナのシャッポ。

春日　シャッポとんな！

竹内　また春日さんは……（新島に）ごめん、急ぎ注文票を……

新島　あ、いいよ、ここ使って。

と、事務机を竹内に譲り、テーブルへ移る。

春日　叫ぶよ、私！　あんたらは、こんなだから、いつまでも底辺ウロチョロしてんのよ！　これじゃいつまでたったって、我らの共和国はできないよ！

竹内　春日さん、それ言うなら、シャッポ被ってくださいよ。早く売り上げ倍にして、共和国を作らないと……

春日　それじゃ、共和国が遠のくんだよ！　それじゃ、ただ恩田の言いなりになるだけで……

新島　作戦ですよぉ。あれ以来、お客さんの入り、いいんだし、当分これでやっとかないと……

竹内　頼みます！　俺の店長実現のためにも。

春日　口約束だろ、その場しのぎの！　ああ、あのとき恩田に一筆書かせりゃよかった……

竹内　恩田だって男です。男がいったん口にしたものを……

春日　男ほど約束を破る生き物はいない！　ウチの亭主がいい例だ！

新島　春日さん、それとこれとは……

竹内　お願いしますよ。シャッポ被ってくださいよ。一人だけ被ってないと、何か変に目立ちますよ。

春日　星だって被ってないよ！

新島　星さん、歌から被りますって。

春日　あの女……（と、トイレの方へ行こうとする）

竹内　（立ちふさがり）星さんも、やっとわかってくれたんスよ。世を忍ぶ仮の姿っつ～ことで。

ここは、春日さんも、頼みます。今、恩田の機嫌をそこねると、せっかくうまく行きかけたモンが……

師岡　春日よぉ、もう面倒起こさんでくれよ。俺はもう疲れたよ。

新島　春日さん、それに、ここで団結乱すと、樋野さんがますます点稼ぎますよ。あの人って、トラブルごとに上昇してく感じ、あるじゃないですか？　小見クンが逃げたら、リパックで儲けるし、貫井が逃げたら、一人で焼き肉ヨーデル歌って……

竹内　やりますよねえ。泣きながら笑って歌うんだもん……

新島　結局、あれが決定打になったと思うんですよ。あれが変に受けて、また救った感じになっちゃったし……

竹内　まあ、そうなんスけど、樋野さんにもファンついちゃったから、うまく泳がせとかないと……

春日　ああ……（と、ため息）

店側ドアから秋子が入る。頭には牛のシャッポ。
春日は秋子を睨むと、皆から離れ、部屋の隅で背を向ける。

秋子　（恐縮しながら）お疲れさまです。どうも、皆さん、お疲れさまです。

新島、竹内、師岡、笑顔で挨拶を返す。

秋子　あの、星さんは？　そろそろお時間なんですけど……
竹内　あれ？
師岡　あ、トイレです。
竹内　（トイレに向かい）星さぁん！
星　せかさないでよ！　わかってんだから！

と、トイレから戻る。頭には玉葱のシャッポ。

秋子　あら、素敵！
星　これさえなきゃね……（と、シャッポをまだ気にしている）
秋子　でも、このステージ衣裳、お客さん、喜びますよ。
竹内　よぉし、みんなで星さんの初ステージを盛り上げよう！

星　ああ、も一回、歌詞の確認を……
新島　大丈夫よ。私らもコーラスで入るんだし……
秋子　歌詞忘れたら、囁きますから。
星　えっ、樋野さんは来ないでくださいよ。やりにくくなっちゃうから。
竹内　そうスね、樋野さんはすぐファンに囲まれちゃうし……
新島　そっちに目がいっちゃうとねえ……
師岡　じゃ、行きましょうか。

師岡、星、新島、竹内、店の方へ去る。
秋子、ふと春日の方を見る。
春日は外ドアを半開きにし、ぼんやり外を眺めている。

春日　やり手だねえ、奥さん……
秋子　え……
春日　人生の勝ち組は、どこまで行っても勝ち組だ……

店側ドアから、窪寺が入る。豆腐のシャッポ。

窪寺 春日さん、豆腐グラタンのほうれん草なんですけど……

春日 (反応せず)……

窪寺 調理場に出しといてくれたんですよね？　まだ、見つからないんですけど……

春日 ……

秋子 あの、お疲れなんじゃないかしら。今日は野菜もよく出たし……

春日、外ドアを乱暴に閉めると、いきなり走って部屋を横切り、店の方へ去る。

窪寺 樋野さん、春日に甘くしちゃ駄目よ！

秋子 今、彼女、辛いのよ。このままだと、参っちゃうかも……

窪寺 アイツはそれでも野菜をくれない。勝っても負けても、野菜をくれない……(と、思いつめた表情になる)

店側ドアから恩田が入る。ニワトリのシャッポ。

窪寺 店長、春日さんが……

恩田 もう自分で解決なさいよ。あなたももはや、前とは立場が違うんだから……

窪寺 春日だけは変わりません。相変わらず、豆腐を見るような目で私を……

秋子 私から、よく春日さんに頼んでみます。

窪寺 頼んじゃ駄目よ、命令しなくちゃ！ 服従の味を教えてやる。

と、店側ドアから去る。

星の歌うテーマソングがかすかに漏れる。

秋子 始まりましたね……行かないんですか？

恩田 星の歌なんか聞いたって……来月からは、また別の手を考えないといかんなぁ。コスチュームも新しくしないと、あきられますしねぇ……あ〜、暇なら暇で疲れるし、忙しきゃ忙しいでまた……（と、ソファーに寝転がる）

秋子 店長、こないだおっしゃいましたよね。赤っ恥セールの初日に、タケちゃんと究極の取り引きをしたって……

恩田　ああ……
秋子　その取り引き、この部屋でなさったんですか、あの日、私がビラまきから戻る前に……
恩田　それが、何か？
秋子　いえ、やっぱりそうでしたか……
恩田　ただの口約束ですよ。それに、本社のジイサン連に、えらい褒められちゃってねえ。当分やめさせてくれそうにないんです。こっちだって欲が出るよ。あんな思いしたんだもの。あんな思いをして、やっとここまで……
秋子　じゃ、当分タケちゃんには……
恩田　器じゃねえなあ、竹内は。本社だって納得しないよ。
秋子　……
恩田　どうしたの？　僕じゃご不満？
秋子　もし、もしですよ、もし貫井さんが戻りたいと望んだら、そういうの、できますかしら？
恩田　それはないなぁ。新しい品出し入っちゃったし……
秋子　品出しでなくても、今後の企画担当だとか。
恩田　貫井の復帰はあり得ません。貫井の方が僕らを捨てた。

秋子 でも、それなりの事情があったのかも……
恩田 貫井さんから頼まれでもしたんですか？
秋子 いえ、貫井さんとはあれっきりです。ただ、惜しいと思うんですよ。あの人はまだこの店に必要な人なんじゃないかって……
恩田 樋野さん、思考は前進のためにのみ使いましょう。もうすぐ試食タイムです。あなたは試食タイムのスターだ。パートタイマー・秋子という、当店一のスターです。あなたが売っているのは、もうただの肉じゃない。お客さんはみな、あなたのやる気を買いにくる。スマイルです！ 今こそ、樋野さん、スマイルです！

と、焼き肉ヨーデルを口ずさみながら、店の方へ去る。
電話が鳴る。

秋子 （出て）はい、フレッシュかねだ……貫井さん！ 今ちょうど、あなたはどうしてるのかって……え？ ここは今、私一人ですけど……もしもし、もしもし……

外側ドアが開き、貫井が現れる。

貫井　（携帯電話を見せ）今、そこでかけてたの。
秋子　もうッ……（と、受話器を置く）
貫井　モーっ、と牛さんになってましたか。
秋子　ああ、これは……（と、シャッポをとる）
貫井　いや、謝るのが先でした。どうも、あの日はとんだご迷惑を……（と、深々頭を下げる）
秋子　いいのよ、それより、足はどう？
貫井　ウン、だいぶいい。まだギプスはとれないけど……

と、片足を引きずりながら、中へ入る。

秋子　よかった！　何飲む？　何でもサービスいたしますわよ。
貫井　いいよ。お忍びの身だからさ……
秋子　じゃあ、勝手に麦茶！（と、冷蔵庫へ）
貫井　店、混んでるねえ。我が目を疑いましたよ。
秋子　店にいたの！

貫井　いや、チラッと覗いただけ。星さんが歌ってた……

秋子　今日が初ステージなの。ああ、何から話そうかな。貫井さん、あなたの企画は成功したのよ！　あの後、急に店は混み出して……

貫井　知ってるよ。女房が偵察に来たんだ……

秋子　えっ、奥さんが……

貫井　俺は止めたのに、どうしても行くって……

秋子　奥さんも、相当な思いなさったんでしょうねえ……

　　と、貫井の前に麦茶を出す。

貫井　樋野さん、スターになってんだって？

秋子　ヤダヤダ、それ言わないで！

貫井　いや、俺ホッとしたからさ……

秋子　大変よ。毎日戦争！　こんなこと、いつまで続けるんだか……

貫井　いいじゃないか。それでも仕事があるんだから……

秋子　ああ……そうよね、そういうふうに思わなくちゃね……

貫井　俺の評判、悪いんだろうね……

秋子　でも貫井さん、あなたは企画力があるんだから、どこ行っても勝負できるわよ。

貫井　ないんだよ、仕事。足引きずりながら、あちこち探して回ったけど……ああ、何て馬鹿なことしたんだろうなぁ……

秋子　ウチのも同じよ。まだ仕事見つからないの。あなただけじゃないんだから……

貫井　それはさぁ、ますます励みになんねえなぁ……

秋子　ごめんなさい！　そういうつもりじゃ……

貫井　だけど、この店だって、まだ安心なわけじゃないだろ。ただ、変だってだけで受けてんだから……

秋子　私もそう思う。どんどん本筋から外れていくような……

貫井　それでね、こんなの書いてみたんだけど……（と、ポケットから企画書を出し）ちょっと読んでみてくれない？

秋子　（受け取り）市民参加型のスーパー……

貫井　店員はもう芸を出し切ってるし、ここから先は、お客さんの自主参加を売りにするのはどうかなって……

秋子　（読み）食べ物の歌コンテスト、私の得意料理コンテスト、お父さん、お母さんの似顔絵コンテスト……

貫井　それで、賞品、賞金、旅行プレゼントとかね、毎週発表するようにして……

秋子　貫井さん、これを店長に？

貫井　いや、樋野さんの企画としてまず出してよ。それで、店長が気に入ったら、俺のこと言ってくれないかな？　貫井には、いつでもお手伝いのご用意がありますって……

秋子　……

貫井　駄目かな？　駄目だよな？　ウン、駄目と思ってきたんだから、それはそれでいいんだ……

秋子　わかった、やってみる。でも、もし力が及ばなかったら……

貫井　ありがとう！　じゃ、俺、帰るわ。こうなったら、本当に見つからない方がいい……

（と、行こうとする）

秋子　待って！　これ持ってってよ。

と、鍵を出し、自分のロッカーを開ける。ずしりと重そうなレジ袋を引っぱり出すと、貫井に差し出す。

秋子　これ、奥さんに。今晩のおかずにして。
貫井　悪いよ、樋野さんが買ったのに……
秋子　持ってってよ、お荷物になっちゃうけど……
貫井　じゃ、ありがたく……（と受け取る）
秋子　力つけてよ。お肉いっぱい入ってるから。
貫井　（覗いて）おお、牛豚鶏肉食べ放題……
秋子　リパックのじゃないわよ。その日付は本物です。精肉担当の保証つき！

貫井、レジ袋を覗いたまま、動かない。

秋子　どうしたの？　リパックじゃないのよ。
貫井　樋野さん、どうしてこの肉、冷蔵庫に入れとかないの？
秋子　ああ、悪くなったりしてないわよ。保冷剤入ってるでしょ？
貫井　どうして保冷剤を入れてまで、ロッカーの方にしまうんだよ？
秋子　だって、私、よく忘れるのよ。それにホラ、間違えて持ってかれるのもくやしいし……
貫井　レシートある？

秋子　え……
貫井　買ったんなら、レシートあるよね？
秋子　レシートは、ああ、今日は急いでたから……

　　貫井、秋子にレジ袋を差し出す。

貫井　いいよ。やっぱりこれは貰えない。
秋子　（受け取らず）……

　　貫井、レジ袋をテーブルに置く。

貫井　もう、気持ちだけで嬉しいから。じゃ、俺、これで……（と、帰ろうとする）
秋子　私のこと疑ったの？
貫井　……
秋子　そうでしょう？　買わないで、店からくすねてきたと……
貫井　いや、樋野さんが、そんなことをするとは……

秋子　じゃ、何でレシートはなんて……
貫井　ごめん、俺、どうかしてた……

秋子、貫井に背を向けて座り、顔を覆う。

貫井　ごめん、自分がせこくなってんだな。それで、つい、失礼なことを、つい、自分のやりそうなことを……

秋子の肩が震え出す。短い嗚咽が時々漏れる。

貫井　すいません！　何と言って謝ったらいいいか……
秋子　謝らないで……あなたの想像通りだから……
貫井　え……
秋子　肉なんて取り放題よ。精肉室にこもってるんだもん……

貫井、秋子から離れ、ガックリと腰を下ろす。

秋子　だって、こんなの、やってられないわ。どうやって、ここでまともでいろって言うの……

貫井　樋野さん、やめたら？

秋子　やめる、ここを……

貫井　ここにいると、どんどん麻痺する。もう元に戻れなくなる……樋野さんに、そんなふうになって欲しくない。

秋子　私を励まして、ここまでにしたのは誰？　私にまだ正常な感覚があったとき、いつもそばで囁いて、私を変えてしまったのは誰よ！　告発はするな、嘘はつけ、リパックはしろ、シャッポは被れ、その方があんたのためだ、そうしないと、生きていけない……

貫井　でも、俺は、こういうことをしろとまでは……

秋子　関係ないとは言わせないわよ！　今さらあなたが関係ないとは……

貫井　じゃあ、断ればよかったろ！　どうしてこんなちっぽけな俺に、あんたはどんどん変えられたんだよ！

秋子　……

貫井　いや、これは本心じゃない。こんなことが言いたいんじゃない。俺は今日、樋野さんに会いに来た。仕事のこともあるけれど、それは、また樋野さんのそばにいたいからで、だから、つまり、俺が樋野さんだと思う樋野さんに、ずっとそのままでいて欲しくて……。

秋子　……。

貫井　(自己確認するように) そうだ、これを言いに来たんだ。こんな企画書、会うための口実だ……。

と、秋子がテーブルに置いた企画書を取って丸める。

貫井　もう帰ります。え〜と、ほかに言い残したことは、あ、ありがとうを言ってない。樋野さん、ありがとう、あなたがいたから僕は……ありがとう、ありがとう……。

貫井、外側ドアへと向かう。

秋子　貫井さん……。

貫井　……。

秋子　私、変わったんじゃないわね、きっと。元々この程度だったのかもしれない。ずっと、こんな状況にさらされないで、試されないですんできたから、自分の正体も知らずにいたのかもしれない。もしそうなら、ここを離れても、事は解決しないと思うの。私の正義感や良識が、元々パートでしか働いていなかったのなら……

貫井　……

秋子　だから、もうちょっとここにいてみる。ここで自分がどうなっていくか、もうちょっと見極める。

貫井　そう……

秋子　ありがとう、貫井さん。私の人生に、大きな役割を果たしてくれて！

貫井　いや、お礼はこっちが……

秋子　もう聞いたわ。ありがとうを三回も。

貫井　じゃ、もう一回だけ。樋野さん、ありがとう！

貫井、出ていく。

秋子、追いかけてドアを開ける。

秋子　貫井さん！　あきらめないで、仕事探してね！　いつかきっと見つかるから！

秋子、しばらく見送り、ドアを閉める。

振り返ると、春日がいる。春日、ロッカーから大根のシャッポを取り出すと、ヤケクソのように被り、店の方へ駆け去る。

秋子はそれも、しばらく見送る。

秋子、テーブルの前に戻り、レジ袋を見つめる。

恩田のアナウンスが流れる。

恩田の声　間もなく試食タイムでございます。当店のパートタイマー・樋野秋子による、試食パフォーマンス。牛豚鶏肉焼き放題、食べ放題、樋野秋子の試食タイムは、もうまもなくでございます。

じっと聞いている秋子。

幕

※本作上演および戯曲出版にあたり、「夏の扉」「おさかな天国」「ヨーデル食べ放題」の替え歌について、著作権者様よりご承諾をいただきました。記して感謝申し上げます。

■上演記録　二兎社第四十七回公演

二〇二四年一月十二日(金)〜二月四日(日)　東京芸術劇場シアターウエスト

■スタッフ

作・演出　永井　愛
美術　大田　創
照明　中川隆一
音響　市来邦比古
衣裳　竹原典子
ヘアメイク　清水美穂
舞台監督　澁谷壽久
制作　安藤ゆか　持田有美

演出助手　白坂恵都子
プロンプター　中舘早紀
照明オペレーター　吉田裕美
音響オペレーター　堤裕吏衣
衣裳助手　田辺雪枝
票券　熊谷由子
舞台監督助手　竹内章子　加瀬貴広　宇野圭一
制作助手　鴻上夏海　小川菜穂

■キャスト

沢口靖子――樋野秋子
生瀬勝久――貫井康宏
亀田佳明――恩田俊夫
土井ケイト――春日勇子
稲村　梓――窪寺久仁子
小川ゲン――竹内慎二

吉田ウーロン太――師岡保男
関谷美香子――星ひろ代
石森美咲――新島喜美香
田中　亨――小見洋介
水野あや――小笠原ちい子
石井愃一――大坪久弥

あとがき

この作品は二〇〇三年、劇団青年座からの依頼で書いた。当然のことながら、そのころ見聞きしたことが色濃く反映されている。

「男女共同参画社会基本法」の施行を受けて、男女平等をテーマにする芝居のコンクールが福岡であり、審査員だった私は、「パートタイマー・秋子」という参加作品に出会った。

「火曜サスペンス」みたいな題だなぁと最初は思ったが、似ているようでどこか違う。たとえば、「監察医・室生亜季子」、「弁護士・高林鮎子」も職業＋名前という並びは同じだが、その職業は知的な専門職であり、名前を権威づける効果がある。「パートタイマー」には、それがない。にもかかわらず、日本女性最多の職業である非正規の雇用形態をこのように誇らしげに掲げているのが新鮮だった。後日作者にお願いして、このタイトルを使わせていただいた。

量販店のカメラ売り場で見た男性店員の姿も忘れがたい。五十代後半かと思われる彼はまだ職場に不慣れのようで、息子ほどにも歳の違う若い上司に怒鳴られていた。これは、当時の政権による「聖域なき構造改革」が生み出した光景かもしれない。不良債権の抜本的処理が行われた結果、リストラ、倒産の嵐が吹き荒れていた。年配の新人店員も何らかの事情で失職し、再就職したのだろう。怒鳴られながらも懸命に笑顔を保っていた彼の姿は、貫井や秋子の夫のイメージにつながった。

大手メーカーによる牛肉偽装事件など、不正の報道も相次いでいた。だが、当時の偽装の最たるものは、米英ら有志連合によるイラク攻撃の大義名分、「イラクは大量破壊兵器を隠し持っている」というものだろう。

この作品の執筆時は攻撃開始の直前で、世界的な反戦運動が起きていた。民間人の上に爆弾が降り注ぐという恐ろしい想像に日々苛まれ、何ら行動できない自分を無力に感じていた。この作品のどのシーンも、そんな記憶が焼きついている。

あれから約二十年、男女共同参画社会はなお遠く、生活難も不正も偽装も、むしろ増大したかに見える。「パートタイマー・秋子」は、これだけの時を経て、今なお「現代劇」なのだ。

二兎社での上演に際し、テキストを若干改訂した。願ってもないキャストに恵まれ、稽古場では活発な応酬が続いている。家に帰れば、あのころ同様、民間人が容赦なく空爆にさらされるガザやウクライナ、与党議員の裏金疑惑の報道に戦慄しているのだが。

二〇二三年十二月

二兎社での初演を前に　永井　愛

［著者略歴］

永井 愛（ながい・あい）
1951 年 東京生まれ。桐朋学園大学短期大学部演劇専攻科卒。
1981 年 大石静と劇団二兎社を旗揚げ。1991 年より二兎社主宰。
第 31 回紀伊國屋演劇賞個人賞、第 1 回鶴屋南北戯曲賞、第 44 回岸田國士戯曲賞、第 52 回読売文学賞、第 1 回朝日舞台芸術賞「秋元松代賞」、第 65 回芸術選奨文部科学大臣賞、第 60 回毎日芸術賞などを受賞。
主な作品
「時の物置」「パパのデモクラシー」「僕の東京日記」「見よ、飛行機の高く飛べるを」「ら抜きの殺意」「兄帰る」「萩家の三姉妹」「こんにちは、母さん」「日暮町風土記」「新・明暗」「歌わせたい男たち」「片づけたい女たち」「鷗外の怪談」「書く女」「ザ・空気」「ザ・空気 ver.2 誰も書いてはならぬ」「ザ・空気 ver.3 そして彼は去った…」「私たちは何も知らない」

パートタイマー・秋子《あきこ》

2024 年 1 月 25 日　初版第 1 刷発行

著　者　永井 愛
発行所　有限会社 而立書房
東京都千代田区神田猿楽町 2 丁目 4 番 2 号
電話 03（3291）5589 ／ FAX 03（3292）8782
URL http://jiritsushobo.co.jp

印刷・製本　中央精版印刷 株式会社

落丁・乱丁本はおとりかえいたします。

JASRAC 出 2309583-301
Printed in Japan
ISBN 978-4-88059-440-8　C0074
装幀・瀬古泰加

永井 愛

鷗外の怪談

2021.11.25 刊
四六判上製
160 頁
本体 1500 円（税別）
ISBN978-4-88059-431-6 C0074

社会主義者への弾圧が強まる明治時代。森鷗外は、陸軍軍医エリートでありながら、言論弾圧に反対する文学者という相反するふたつの顔をもっていた。その真意はどこにあったのか……。さまざまな顔をもつ人間・鷗外を浮き上がらせる歴史文学劇！

永井 愛

ザ・空気 ver. 3　そして彼は去った…

2021.3.10 刊
四六判上製
112 頁
本体 1500 円（税別）
ISBN978-4-88059-426-2 C0074

政権べったりなことで知られる政治コメンテーターの横松輝夫。訪れた放送局の控室が新聞記者時代の後輩・桜木の自死した現場と知るや取り乱し、擁護すべき政権のスキャンダルを暴露しはじめる!!「メディアをめぐる空気」シリーズ完結編！

永井 愛

ザ・空気 ver. 2　誰も書いてはならぬ

2019.12.10 刊
四六判上製
112 頁
本体 1400 円（税別）
ISBN978-4-88059-417-0 C0074

舞台は国会記者会館。国会議事堂、総理大臣官邸、内閣府などを一望できるこのビルの屋上に、フリージャーナリストが潜入する。彼女が偶然見聞きした、驚くべき事件とは…。第 26 回読売演劇大賞選考委員特別賞・優秀男優賞・優秀演出家賞受賞作。

永井 愛

ザ・空気

2018.7.25 刊
四六判上製
120 頁
本体 1400 円（税別）
ISBN978-4-88059-408-8 C0074

人気報道番組の放送数時間前、特集内容について突然の変更を命じられ、現場は大混乱。編集長の今森やキャスターの来宮は抵抗するが、局内の"空気"は徐々に変わっていき……。第 25 回読売演劇大賞最優秀演出家賞、同優秀作品賞・優秀女優賞受賞作。

永井 愛

書く女

2016.1.25 刊
四六判上製
160 頁
本体 1500 円（税別）
ISBN978-4-88059-391-3 C0074

わずか 24 年の生涯で『たけくらべ』『にごりえ』などの名作を残し、日本女性初の職業作家となった樋口一葉。彼女が綴った日記をもとに、恋心や人びととの交流、貧しい生活を乗り越え、作家として自立するまでを描いた戯曲作品。

永井 愛

歌わせたい男たち

2008.3.25 刊
四六判上製
128 頁
本体 1500 円（税別）
ISBN978-4-88059-347-0 C0074

東京都は卒業式での「日の丸」「君が代」を決めた。これに従わない先生たちはすべて処罰された。その結果、学校内では多くの悲喜劇が起きた。「朝日舞台芸術賞グランプリ」「読売演劇大賞最優秀作品賞」受賞作品。